ANUNNAKI

Narrativa

268

© 2024 – Gilgamesh Edizioni
Via Giosuè Carducci, 37 – 46041 Asola (MN)
gilgameshedizioni@gmail.com – www.gilgameshedizioni.com
Tel. 0376/1586414

ISBN 978-88-6867-767-1

Questo romanzo è frutto di pura fantasia. Nomi, personaggi, avvenimenti e circostanze sono un effetto del reale, ma irreali nella loro illusione referenziale. Autentica è solo l'immaginazione dell'autore. Luoghi e date sono utilizzati secondo il criterio dell'artificio narrativo. Un'apparente rassomiglianza con fatti avvenuti o persone esistite o esistenti è fortuita e indipendente dalla realtà.

In copertina: Progetto grafico di Dario Bellini.

Emanuela Lera

QUEL CHE RESTA DELL'OSCURIÀ

Ritornare a vivere

Gilgamesh Edizioni

*A coloro che non si arrendono mai,
persone forti e coraggiose
che non sanno di esserlo
ma lo scoprono lungo il cammino della vita...*

Azzurra

Nulla era stato programmato anche perché non erano a conoscenza del sesso del nascituro.

Azzurra, questo è il nome che le avevano dato perché nacque a fine luglio, in una mattina in cui il cielo, privo di nuvole, era di un azzurro incantevole.

Quel tenero fagottino era il loro più grande tesoro e Azzurra era il nome perfetto.

Era una ragazza dall'animo buono, una persona altruista, sincera e piena di entusiasmo per quella vita che bramava di vivere ogni secondo, senza farsi sfuggire un solo un istante.

Crebbe forte e sorridente convinta che non vi fosse motivo alcuno per non farlo.

Aveva studiato e aveva sempre lavorato come ragioniera presso uno studio del paese. Professione che, dopo la nascita della prima figlia, in accordo con il marito, decise di lasciare per rimanere a casa.

Era già sposata, da qualche tempo, quando vennero a mancare i suoi genitori.

Prima aveva perso suo padre per un infarto, e di questo la madre ne era rimasta sconvolta. Dopo tanti anni insieme, tra fidanzamento e matrimonio, si sentiva persa, sola, le mancava terribilmente quel suo caro marito che tanto amava. Tutto ciò le spezzò il cuore, un cuore fragile che non riuscì a reggere il duro colpo e la fece ammalare.

Ben presto se ne andò anche lei lasciando sola quell'unica figlia che tanto avevano desiderato e amato immensamente.

Azzurra le stette accanto fino all'ultimo respiro, accompagnandola con tenere parole e carezze lungo quel sentiero dove avrebbe ritrovato il suo amato per l'eternità.

Gesti d'amore tanto dolci quanto strazianti che le avrebbero tenuto compagnia nei giorni a venire per ricordarle, in maniera prepotente, quanto accaduto.

Azzurra pensava alle ultime settimane, a quelle azioni fatte in maniera quasi automatica, sentendosi poi sopraffare dal pensiero che, forse, se quel gesto non avesse più potuto avere luogo, allora ne sarebbe solo rimasto il ricordo. Consapevole che il tempo se lo sarebbe presto portato con sé, rendendolo sempre più flebile fino a farlo scomparire.

Azzurra pianse tutte le sue lacrime. Aveva perso parte di sé e niente sarebbe più stato come prima.

Era sicura che un giorno qualcosa di speciale sarebbe successo, forse li avrebbe rivisti, avrebbe sentito ancora una volta la loro voce o, semplicemente, le sarebbero stati così vicino da poter percepire la loro presenza, ritornando a sentirsi forte e al sicuro.

In quel periodo, così delicato e doloroso, Corrado le era stato molto vicino, cercava di consolarla come poteva.

Lui, orfano dall'età di cinque anni, era cresciuto con la nonna materna che era però venuta a mancare quando Corrado era appena ventenne e, per questo, sapeva bene cosa significasse perdere una persona cara.

La storia di Sama

Era passato solo qualche mese dalle nozze quando, una sera, rientrando a casa in compagnia del marito, trovò una gattina di pochi mesi.

Vicino alla loro abitazione stavano portando a termine alcuni lavori in una palazzina e, passandoci davanti, sentirono miagolare. Era molto buio e non riuscivano a capire da dove provenisse. Così Azzurra, con l'aiuto di Corrado, girò intorno al condominio facendosi luce con il telefonino finché, d'un tratto, spuntò un gatto. Si avvicinò subito a entrambi strusciandosi sulle gambe, continuando a miagolare.

Azzurra cercò di capire di chi potesse essere, perché in quella zona era certa non vi fossero gatti randagi.

Secondo il marito qualcuno doveva averla abbandonata perché non aveva il collarino ed era parecchio magra. Azzurra condivideva il suo pensiero e, alla fine, decisero di portarla a casa, poi l'indomani avrebbero cercato di capire se avesse un proprietario o meno.

Nei giorni successivi i coniugi chiesero ai vicini se quella adorabile trovatella fosse di qualcuno, ma niente, sembrava comparsa dal nulla.

In fondo ne furono entrambi contenti, erano molto amanti degli animali, soprattutto dei gatti e avevano parlato spesso della possibilità di adottarne uno.

Corrado non se la sentiva ancora poiché, proprio poco prima di sposarsi, aveva perso il suo fedele amico peloso di quindici anni e, nonostante fossero passati mesi, ne sentiva ancora la mancanza.

Tuttavia pensò che non fosse un caso l'aver trovato quella gatta proprio vicino casa e, persuaso che potesse avergliela mandata Tom, il suo compagno a quattro zampe di una vita, alla fine decise in accordo con la moglie di tenerla.

La chiamarono Sama e da quel giorno divenne parte integrante della famiglia, accudita e amata con grande affetto.

Nell'attesa speranzosa dell'arrivo di un bambino, Sama aveva portato ancor più colore nelle loro vite da neosposini.

Era una gattina adorabile, con quel suo musetto a punta e quegli occhi grandi, colmi di tenerezza. La codina sempre in alto che esprimeva felicità e gratitudine per aver trovato una famiglia buona e amorevole.

Quando rientravano a casa Sama correva loro incontro per dargli il benvenuto e farsi coccolare.

Azzurra la guardava incantata mentre prima di mettersi a dormire, lunga e tirata sul divano, procedeva con le sue abluzioni giornaliere.

Era così graziosa che attirava carezze come una calamita, non se ne poteva proprio fare a meno.

Anche Corrado la adorava e ogni occasione era buona per farle le coccole, perché toccare quel morbido pelo era terapeutico, capace di allontanare ogni brutto pensiero.

La notte Sama si accucciava sul letto, in fondo ai suoi piedi, e lui, sentendone la vicinanza e il calore, non poteva che sorridere.

Entrambi non mancavano però di pensare a quelle persone che odiavano gli animali e che, consapevoli di ciò che facevano, infliggevano loro male gratuito quasi fosse una punizione per il solo fatto di esistere.

Azzurra non ne voleva proprio sapere di quelle atrocità, i suoi occhi si arrossavano al solo pensiero. Non riusciva a concepire il perché di tale cattiveria.

Secondo lei erano persone talmente frustrate che in qualche modo si avvalevano di esseri innocui e indifesi che ben poco potevano fare davanti alla crudeltà umana.

Corrado e Azzurra non parlavano molto di questo argomento perché faceva male a entrambi e la cosa più brutta era non poter fare nulla per impedire tale abominio. Nel loro piccolo avevano sempre cercato di aiutare animaletti in difficoltà, e sempre lo avrebbero fatto, ma non potevano certo fermare l'odio contro animali di qualsiasi genere.

Erano però certi che prima o poi chi faceva del male avrebbe ricevuto il proprio castigo. Un castigo forse sconosciuto al resto del mondo ma non a chi aveva dimostrato solo spietatezza e ferocia.

La passione per i gatti, ma più in generale per gli animali, era per i coniugi un sentimento puro e sincero, convinti che quelle bestiole, con il solo affetto, potessero riuscire a sanare ferite profonde che spesso faticano a smettere di sanguinare.

Un amore incondizionato e senza fine poiché privo di qualsiasi pregiudizio, pensiero malevolo, rabbia o vendetta.

Cuori puri, grati per un po' di cibo, un posticino tranquillo per riposare e qualche coccola.

Ciao piccolina

Azzurra si riteneva una persona fortunata perché nulla le era mai mancato.

I suoi sorrisi nascevano alla vista di un fiore sbocciato, di una madre con la figlioletta, di una signora seduta al parco, insomma, di tutte le cose semplici di cui è fatta la vita di ciascuno.

Sperava di diventare presto mamma, amava molto i bambini, fonte di gioia e amore.

Ricordava spesso Clara, la sua bambola di quando era piccina, compagna fedele in qualsiasi momento, soprattutto la notte, quando Azzurra la stringeva forte sussurrandole i suoi segreti.

Era stato un regalo di suo padre quando aveva quattro anni e, da allora, mai se ne era separata.

Ora Clara giaceva su una mensola nella sua camera da letto e un giorno, se avesse avuto la fortuna di avere una figlia femmina, gliela avrebbe donata sicura che Clara le sarebbe stata accanto come aveva fatto con lei.

Clara rappresentava la sua infanzia felice e spensierata come dovrebbe essere quella di ciascun bambino.

Una mattina, mentre riordinava la camera da letto e, più precisamente, spolverava le varie mensole, decise di lavare anche la sua bambola di pezza ma quando la prese in mano avvertì una strana sensazione, c'era qualcosa di diverso, qualcosa che non aveva mai provato. Un minuto dopo, ritrovandosi in bagno a sciacquarsi il viso dopo aver rigurgitato, capì.

Convinta di essere incinta chiamò subito Corrado

il quale, stupito dalla notizia ma colmo di gioia, le disse che sarebbe subito rientrato a casa così da potersi organizzare per accertarsi che quella buona nuova non fosse un sogno ma, semplicemente, una delle più grandi sorprese che una persona potesse ricevere nella propria vita.

Quando Corrado arrivò lei era sulla porta ad aspettarlo, non si dissero nulla. Guardandosi si avvicinarono e, stringendosi in un forte abbraccio che parve durare un'eternità, iniziarono a piangere dolci lacrime.

Corrado si era preso il pomeriggio libero per accompagnarla dal dottore.

Azzurra aveva già provveduto a fare alcuni test, comprati in precedenza, che erano risultati positivi. Ora non restava che avere la conferma da parte dell'esperto.

Fu una giornata davvero emozionante.

Il dottore confermò: Azzurra era in dolce attesa e non vi era alcun problema.

Tra qualche mese sarebbero diventati genitori.

Tutto procedeva a meraviglia. Azzurra stava bene, non si sentiva per nulla stanca, anzi, le sembrava di avere più energia. Finché arrivò quel giorno in cui tutto cambiò.

Quel mercoledì, a differenza di sempre, decise di rimanere a casa. Già dal mattino, quando si era svegliata, non si sentiva in forma. Oltre alla solita nausea, a cui si era abituata, c'era qualcos'altro, un malessere che non riusciva nemmeno lei a descrivere.

Per questo, dopo essersi vestita e aver fatto una leggera colazione, chiamò il dottore che la rassicurò dicendole di stare tranquilla: nei primi mesi di gravidanza era piuttosto normale avere qualche fastidio, l'importante che non fosse nulla di grave. Decise di farle una visita di controllo dandole appuntamento nel primo pomeriggio.

Non avvisò Corrado, non voleva preoccuparlo inutilmente, sarebbe servito solo a farla agitare ancora di più con il suo arrivo fulmineo. Avrebbe aspettato il suo rientro.

Nonostante la stanchezza decise di preparare il pranzo e apparecchiare la tavola. Una volta finito si mise sul divano dove si alzò poco dopo perché doveva andare in bagno. Mentre camminava iniziò a sentire delle fitte nel ventre sempre più forti tanto da non reggersi in piedi così, una volta arrivata, si lasciò andare sedendosi sul pavimento. Aveva una strana sensazione. Poi, quando lo vide, capì. Perdeva sangue, sentiva il calore di quel liquido rosso sul proprio corpo e sapeva, in cuor suo, che non era nulla di buono.

Iniziò a piangere disperatamente.

Il telefono era rimasto sul divano in salotto e non aveva le forze per raggiungerlo, così chiuse gli occhi pregando che Corrado tornasse al più presto mentre le lacrime scorrevano incessantemente.

Quando Corrado aprì la porta subito la chiamò ma non ricevette alcuna risposta. La tavola era apparecchiata così decise di andare nella zona notte, sicuro di trovarla addormentata mentre sedeva nel letto con in mano ancora il libro.

Ma non fu così, il letto era vuoto.

Mentre si chiedeva dove fosse finita la moglie, sentì dei lamenti provenire dal bagno. Si precipitò immediatamente e vide che la porta era socchiusa. Quando la aprì, la scena che gli si presentò davanti agli occhi lo fece trasalire al punto da non riuscire ad aprire bocca.

Azzurra era seduta nell'angolo sotto alla finestra, subito alzò lo sguardo e il suo pianto si fece più forte. Corrado le andò vicino e vide il sangue, era dappertutto, sui vestiti, sulle mani. Stordito trasse di tasca il telefono e chiamò i soccorsi poi abbracciò forte a sé Azzurra, sussurrandole di stare tranquilla.

Sarebbe stata una bambina e l'avevano scoperto nel modo peggiore.

Non l'avrebbero mai conosciuta perché ora era il loro angelo, volato in cielo ancora prima di venire al mondo.

Nessuna possibilità per lei, nemmeno quella di poter vedere gli occhi dei propri genitori che brillavano al solo pensiero della loro creatura. Era successo ciò che mai dovrebbe accadere ma che, purtroppo, capita di frequente.

Sensazioni che nessuno merita di provare perché colme di sofferenza.

Azzurra non poteva credere a quello che le era successo, era stata sempre molto attenta, aveva seguito scrupolosamente i consigli del proprio medico senza mai sgarrare, nemmeno una volta. Ma ciò non era servito, la sua bambina non c'era più e questo le procurava infinita tristezza.

Nulla le sembrava avere più senso, le giornate le parevano insignificanti e aveva solo voglia di chiudere gli occhi, di non pensare, come se quell'incubo non fosse mai accaduto.

I primi tempi furono uno strazio per entrambi, anche Corrado era molto sofferente ma cercava di reagire per essere di aiuto ad Azzurra, che vedeva soffrire come mai prima.

Un pomeriggio, sentendosi meglio, dopo aver sistemato la cucina e rassettato casa, posò nuovamente lo sguardo su Clara, la sua bambola. Subito la afferrò e, con le lacrime agli occhi, la scaraventò in soffitta dicendole che non l'avrebbe più voluta vedere. Corse poi in camera dove si sdraiò sul letto continuando a piangere.

Azzurra pensava continuamente a ciò che era accaduto ma nel tempo aveva imparato a conviverci, non facendosi sopraffare dal dolore. A volte, però, bastava poco per riportare a galla ciò che, piano piano, aveva iniziato a elaborare per poter andare avanti. Il ricordo era talmente vivido da catapultarla nel passato, rivivendo quel giorno in cui il suo cuore era andato in pezzi, quel giorno che avrebbe voluto non fosse mai esistito.

Lacrime e speranza

Le era crollato il mondo addosso, tutto era diverso o meglio la sua percezione era cambiata. Era come camminare nelle sabbie mobili, con la certezza di non riuscire a raggiungere la terra ferma perché il fango, passo dopo passo, l'avrebbe inghiottita ponendo fine, una volta per tutte, a quella crudeltà.

Corrado si era incupito e da quel giorno, nonostante cercasse di farle sentire tutto il suo affetto, faticava a parlare.

Non avevano più accennato a quanto accaduto, troppo doloroso, un giorno forse ne avrebbero di nuovo parlato, ma non ora.

I loro cuori si erano disintegrati e ci sarebbe voluto del tempo per rimettere insieme tutti i pezzi, considerando che alcuni sarebbero irrimediabilmente andati persi e mai più ritrovati.

Ma, come sempre, il tempo avrebbe dato loro l'aiuto necessario anche se nulla poteva fare per ciò che avveniva dentro le loro anime. Lo scorrere delle lancette riusciva a cicatrizzare le ferite, ma nient'altro. Il resto era compito di ciascun individuo, provare ad andare avanti nonostante quel peso atroce sulle spalle.

Azzurra si rese conto di come la vita potesse cambiare radicalmente in pochi istanti e che, a volte, rimanevano solo frammenti di un passato cristallizzato. Tutto fermo, mentre il trascorrere inesorabile dei giorni ne avrebbe sbiadito il ricordo come una scritta su un foglio che svanisce piano piano, ma senza mai scomparire del tutto. E quel poco che ne rimane è come un promemoria.

Marchi a fuoco sulla pelle perché ognuno possa sapere chi è e ciò che ha vissuto.

Azzurra faceva di tutto per allontanare i pensieri bui, risvegliando quell'ottimismo che ora le serviva più che mai.

All'inizio aveva avuto un insolito presentimento ed ebbe paura, le sembrò di tornare indietro nel tempo. Non avrebbe sopportato di nuovo quel dolore lacerante. Ma sentiva che qualcosa era diverso e il passare dei giorni la aiutò a comprendere meglio ciò che stava accadendo.

I cattivi pensieri avevano lasciato il posto alla gioia e alla serenità: sensazioni irripetibili che solo la maternità poteva portare a una donna desiderosa di conoscere finalmente il proprio figlio.

Azzurra era di nuovo incinta e non riusciva a crederci.

Tempo addietro, pensando a una nuova gravidanza, si era sentita intimorita, aveva paura che sarebbe potuto succedere di nuovo. Ma ora che quel presentimento era diventato realtà si sentiva diversa, come se in qualche modo fosse riuscita a lasciarsi indietro quella scia di afflizione che era stata sua compagna di viaggio per troppo tempo.

Attimo dopo attimo, si rendeva conto di quanto fosse miracolosa quella vita che sentiva crescerle dentro e quanto fosse incredibile che, al termine dei nove mesi, il suo sogno si sarebbe avverato. Avrebbe toccato con mano e visto crescere e trasformarsi la donna o l'uomo del domani. Colei o colui destinato a vivere la propria vita.

Sicura che questa volta tutto sarebbe andato bene, salì in soffitta.

Appena entrò la vide subito: Clara giaceva in un

angolo, vicino alla finestra, sporca e piena di polvere.

A quella vista Azzurra iniziò a piangere e si diresse verso di lei. Quando la prese, l'abbraccio stretta e iniziò a parlarle: «Perdonami Clara, per ciò che ho fatto, ma la sofferenza era troppa e i miei occhi offuscati dal dolore non riuscivano a vedere quanto tu non c'entrassi nulla. Ora va meglio e tutto sarà diverso». In seguito portò la bambola in bagno e in men che non si dica Clara era ritornata più bella di prima. Così Azzurra, in attesa di preparare la cameretta per il nascituro, decise di tenerla in camera con sé, dove era sempre stata.

Per tanti Clara era solo una semplice bambola, ma in realtà aveva poco a che fare con la semplicità. Con lei, Azzurra aveva condiviso la sua infanzia, le gioie e le prime lacrime.

Ottime notizie

Dopo le fatiche, i dolori, le notti insonni passate a pensare a quel che sarebbe stato, immaginandosi un futuro che pareva lontano ma che, in fondo, era dietro l'angolo desideroso di farsi vivere, il fatidico giorno arrivò.

La gioia fu immensa tanto da farle dimenticare ciò che aveva vissuto in quei nove mesi che non erano certo stati semplici.

Difficile descrivere l'emozione di Azzurra quando vide per la prima volta la sua bambina.

L'amore era così forte che le mancavano le parole, persino le lacrime faticavano a scendere ma un radioso sorriso esprimeva tutto ciò che in quel momento provava.

Il miracolo della vita così straordinario e inaspettato: una nuova creatura che cambia l'esistenza della propria famiglia, che è capace di scombussolare nel profondo e in grado, anche solo per poco, di far dimenticare paure, ansie e la cruda realtà che affligge imperterrita i comuni mortali.

Momenti in cui ci si rende conto di quanto si sprechi tempo dando importanza a piccole cose prive di significato e si comprende quanto sia forte l'amore, in tutte le sue forme, perché proprio grazie a quello si è in grado di sconfiggere ogni cosa.

Dopo quel periodo buio era tornato a splendere il sole.

Bastava davvero poco perché le cose cambiassero e, fortunatamente, quando succedeva, non sempre era qualcosa di brutto, il più delle volte, accadeva il contrario, senza quasi accorgersene.

E i tristi ricordi non potevano che allontanarsi per fare posto ad altri che sarebbero venuti.

Una vita che donava altra vita tornando di nuovo a respirare, a sorridere.

Quella bambina era un dono del cielo e Azzurra, tenendola stretta a sé, rimaneva incantata a guardarla per ore mentre si addormentava nel suo tenero abbraccio.

Non avevano ancora deciso quale nome darle e quando arrivò Corrado e la vide per la prima volta si ammutolì, fino a che non disse una sola parola: Melissa. Poi, guardandola dolcemente, iniziò a piangere.

Azzurra si intenerì, non sapeva il perché di quel nome ma decise di tacere, era un momento magico e non voleva spezzarne l'incantesimo.

D'un tratto, tra le lacrime, Corrado iniziò a parlare: «Da qualche giorno continuo a sentire questo nome». Poi smise di piangere e proseguì dicendo: «Così, appena l'ho vista mi è uscito senza nemmeno pensarci. Ma se non ti piace lo possiamo cambiare. Lascio a te decidere».

Azzurra lo guardò stupita, non si aspettava quelle parole ma sapeva che Corrado, pur non parlando molto, era una persona amorevole e sorridendo gli disse: «Mi piace molto! Ottima scelta marito mio!».

Corrado le si avvicinò, diede un bacio in fronte a lei e alla piccola e si sedette sul letto accanto a loro.

Azzurra era felice, non poteva chiedere di meglio.

La sera, prima di addormentarsi, ripensò a quanto accaduto con Corrado, alla scelta del nome.

Un gesto così tenero come le parole che spesso si perdono nella quotidianità ma che possono diventare indelebili nel cuore delle persone.

La notte di San Lorenzo

Mentre riguardava album fotografici e rileggeva i vari biglietti di auguri da parte di Corrado che nel tempo aveva conservato, si ritrovò nel passato, ai primi tempi in cui lo aveva conosciuto.

Era passata solo qualche settimana dal loro primo incontro ma Azzurra non faceva che pensarci continuamente. In ogni istante della giornata le veniva in mente una sua parola, un suo gesto e ciò la riportava al suo viso, a quella sua voce un po' particolare e a quegli occhi così infinitamente dolci.

Era la sera del dieci agosto, si festeggiava san Lorenzo, un giorno importante poiché era la notte delle stelle.

Azzurra non aveva programmato nulla, così aveva deciso di rimanere a casa e guardare le stelle cadenti dal terrazzo come le era già capitato in passato. Ma, a differenza degli anni precedenti, di stelle cadenti ne aveva vista solo una e aveva espresso il suo desiderio, sicura che prima o poi si sarebbe avverato.

Non si era dimenticata di fare gli auguri a Corrado perché per lei quella era una serata speciale dove tutti potevano chiedere qualcosa all'universo, certi di un riscontro. E se ciò non fosse avvenuto, non vi era da preoccuparsi perché, come aveva detto anche a Corrado, se il desiderio non si fosse avverato era semplicemente perché si aveva già ciò che si desiderava.

Corrado era rimasto colpito dalla dolcezza di Azzurra, tanto da averne quasi paura. Si chiedeva se meritasse davvero una ragazza così, se tutto non fosse solo una bolla di sapone, pronta a scoppiare svanendo per sempre in breve tempo.

Non voleva perderla perché una persona come lei non era facile da trovare. Per una volta sentiva che la fortuna era dalla sua parte e sperava non lo abbandonasse. Aveva sofferto molto e la paura di soffrire ancora lo paralizzava.

Innamorarsi era pericoloso. Se le cose non fossero andate per il verso giusto, se lei si fosse stancata o addirittura resa conto che lui non era nulla di che, allora tutto sarebbe crollato e non vi sarebbe stato altro che tormento.

Un giorno Corrado vide un film che raccontava di come una sola azione, brutale e fatta in un momento di ira, senza premeditazione, avesse cambiato e distrutto la vita di molte persone. Ciò che aveva visto era pura finzione ma lo fece riflettere molto.

Si rese conto di quanto fosse labile il confine che separava la gioia dalla tristezza, l'amore dall'odio e la serenità dall'inquietudine. Quella vita a volte perfetta poteva divenire l'inferno, trasformandosi in pochi secondi nel peggiore degli incubi.

Tutto questo lo spaventava tanto da pensare di starsene da solo non avendo quindi nulla da perdere. La vita era già piuttosto complicata e complicarla maggiormente sarebbe stato da stupidi. Si sarebbe abituato a stare da solo, certo che non avrebbe mai fatto troppo male.

Ma quando aveva incontrato Azzurra, tutti i suoi pensieri, le sue convinzioni, avevano iniziato a vacillare. Faticava a pensare di non poter stare accanto a quella ragazza che tanto gli dimostrava il suo affetto con piccoli gesti e parole gentili.

Sarebbe stato sciocco rinunciare a lei vivendo aridamente nella propria solitudine e così decise di provarci, di lasciarsi andare all'amore pensando che se non l'avesse fatto si sarebbe probabilmente pentito.

Le cose poi sarebbero andate come dovevano andare, senza tanti se e tanti ma.

Avrebbe vissuto ciò che la vita aveva in serbo per lui perché Azzurra non poteva essere capitata senza un motivo. Il loro incontro non era stato casuale, il destino aveva deciso che si sarebbero dovuti incontrare per percorrere la strada insieme, per arrivare laddove non si può arrivare da soli.

Assolutamente ignaro di ciò che in lui sarebbe cambiato, avrebbe seguito quel sentiero offerto da un fato benevolo che, nel tempo, sarebbe mutato.

La prima volta

Faceva così male che non riuscì a non piangere.

Non era male fisico ma l'umiliazione di quel gesto inaspettato.

Era una lite come tutte le altre, o almeno questo le era sembrato, ma era finita diversamente, niente silenzio dopo la tempesta seguito da scuse reciproche. Questa volta il silenzio ci fu dopo uno schiaffo in pieno viso che colpì Azzurra come un fulmine a ciel sereno.

Lui dopo se ne andò sbattendo la porta, lasciando Azzurra impietrita finché le lacrime non la costrinsero a terra.

Non riusciva a crederci, le sembrava di sognare, l'incubo peggiore della sua vita.

Era disgustata, triste, affranta, incredula e molto confusa.

Non poteva essere vero, non era reale.

Presto si sarebbe svegliata e tutto si sarebbe risolto, cancellato con una gomma, pulito con un colpo di spugna, svanito per sempre.

Ma nulla svanì anzi, da quel giorno tutto cambiò e per Azzurra iniziò il viaggio per ritrovare la pace persa in pochi istanti.

Una volta superato quel confine non si sarebbe più potuto tornare indietro.

Una spinta, un ceffone, quel gesto ignobile che come un'onda trascina con sé tutto ciò che incontra.

Se ci volevano anni per imparare ad amare e capirsi senza troppe parole, bastavano pochi secondi per distruggere tutto.

Un cumulo di macerie, resti di una vita condivisa

e amata, che ora invocava solo nostalgia e infinita tristezza.

Eppure, in cuor suo, quell'unione tanto desiderata era stata la rappresentazione dell'amore, della fedeltà, del rispetto e del reciproco sostegno perché con questi principi erano andati all'altare. Ma evidentemente qualcosa, nel tempo, era andato storto.

Ora Azzurra stentava a credere alle parole di Corrado il giorno del fatidico sì. Tuttavia, una parte di lei rifiutava di pensare fosse stato tutto una bugia.

Gli anni lo avevano mutato da principe azzurro a orco, ma l'amore vero che li aveva uniti non poteva essere stato un miraggio, malgrado ora si fosse trasformato in qualcosa di sbagliato che forse faceva male a entrambi, non solo a lei.

Ora comprendeva perché tante persone pensavano che sposarsi non fosse poi quel grande passo così romantico e inevitabile a cui tante coppie aspirano. I tempi erano cambiati e così anche il modo di vivere le relazioni, l'approccio all'amore e al desiderio di formare una famiglia.

Si sentiva persa tra mille pensieri ma era certa di ciò che aveva fatto e molto probabilmente, se fosse potuta tornare indietro, nulla sarebbe cambiato perché fermamente convinta di aver sposato Corrado e del suo sincero amore.

Comunque indietro era impossibile tornare quindi inutile pensarci, come inutile pensare a qualcosa che ora non esisteva più; solamente bei ricordi che facevano talmente male che cancellarli avrebbe reso tutto meno spiacevole e doloroso.

Ad Azzurra era capitato di pensare, ascoltando le storie in televisione, quello che succedeva alle donne vittime di un amore malato, a quanto fosse invece lei fortunata perché Corrado mai si sarebbe permesso di torcerle un solo capello.

Si chiedeva come potessero subire tanto odio, disprezzo, senza fare nulla, sopportando in silenzio l'atrocità di soprusi fisici e psicologici.

Non riusciva a crederci perché se fosse successo a lei, conoscendosi, era certa che non sarebbe riuscita a starsene zitta ma avrebbe sicuramente tentato di reagire o quanto meno fuggire all'istante, per non permettere di farlo succedere una seconda volta.

Ma ora più che mai si rendeva conto di aver commesso un grande errore, di aver giudicato a cuor leggero situazioni delicate, fino a poco tempo prima assolutamente sconosciute.

Si accorse di aver fatto parte di quel gruppo di persone pronte a esprimere un parere senza saperne proprio nulla e, soprattutto, senza che venisse loro chiesto.

Giudizi affrettati che recavano solo ulteriore sofferenza, facendo addirittura in alcuni casi sentire in colpa perché forse quello schiaffo in qualche modo era meritato.

Sbagliato era puntare il dito su qualcuno giudicandone le scelte, perché difficile essere a conoscenza di ciò che una persona ha vissuto e provato, magari soffrendo in silenzio e mostrando al di fuori un sentimento completamente differente.

Una spessa corazza per difendersi dal dolore delle critiche indesiderate e non richieste, ma inesorabili.

Sì perché questo orrore solo un individuo che l'aveva vissuto poteva conoscerne i mille risvolti.

E seppur tutto invisibile alla vista altrui, impossibile, allo stesso tempo, sfuggire all'occhio esperto che vede laddove sembra non esserci nulla... sembra, ma così non è.

Privilegio solo di esseri estremamente sensibili, empatici, di coloro che sanno cosa vuol dire toccare il fondo. Coloro che si sono rialzati, pur non avendo la voglia o le energie necessarie.

Per altri invece è assai più arduo, arrivando ad esprimere opinioni avventate giusto per far prendere aria alla bocca quando invece, forse, la via del silenzio e, quindi, del rispetto sarebbe maggiormente gradita.

Troppo facile criticare atteggiamenti remissivi, giudicati altamente inappropriati da chi completamente estraneo a tali situazioni. Più difficile agire nel bel mezzo della tormenta, avendo solo una piccola zattera per tentare di tornare a riva o decidere di arrendersi al destino così spietato. In mezzo all'oceano, soli, con la consapevolezza di dover proteggere, ancor prima di sé stessi, i propri figli.

Un mondo spesso crudele, fatto di tante persone diverse tra loro, alcune delle quali troppo stupide, o forse semplicemente ingenue, che inconsapevoli affondano ancor di più quel coltello affilato nella carne già dolorante.

Ma Azzurra, con quel carattere così forte e deciso che l'aveva sempre contraddistinta, non avrebbe potuto arrendersi, la sua tenacia e forza d'animo l'avrebbero aiutata sino alla fine, facendola salire su quella zattera a qualsiasi costo.

Esausta si sdraiò sul letto e, per un attimo, dimenticò il presente ritornando a quel passato che la fece sorridere, ripensando a quel primo dolce bacio seguito da mille pensieri.

Ricordi lontani

Rammentava quel bacio dato per la prima volta all'uomo che, dopo solo qualche anno, sarebbe divenuto suo marito.

Un bacio del tutto inaspettato ma fortemente desiderato.

Più passionale che romantico, che le fece provare un turbinio di emozioni che non sentiva da molto e forse, in realtà, non aveva mai provato.

Si sentiva felice, spensierata e leggera come una soffice nuvola bianca.

Quell'approccio così forte e intimo le aveva dato una gran voglia di rimettersi in gioco, di provare nuove sensazioni.

In cuor suo pensava fosse arrivato quel momento magico che tutti aspettano una vita ma che non sempre si riesce a godere pienamente perché la paura prende il sopravvento e, sovente, rovina tutta. Niente più magia, niente più nuvoletta.

Era infatti bastata una notte perché l'indomani si sentisse diversa, qualcosa era mutato, l'entusiasmo del giorno prima svanito.

Si chiedeva il perché di tutto ciò ma non subito riuscì a darsi una risposta soddisfacente.

Alla fine, a furia di rimuginare, aveva capito che in lei si stavano insediando mille dubbi, mille domande.

Forse la paura di sbagliare, di non fare la cosa giusta, di lasciarsi troppo andare o, semplicemente, la fottutissima paura di soffrire.

Si rendeva conto che tutti quei pensieri, quell'ansia non l'avrebbero portata lontano anzi solamente frenata e inibita.

Consapevole del fatto che solo il tempo avrebbe risposto a tutti i suoi quesiti, altro non poteva fare che lasciare andare le cose, cercando di vivere ciò che il destino le aveva riservato in quel momento, senza dare alcuna etichetta, imporsi strategie o idealizzare quei baci, bensì assaporando giorno dopo giorno ciò che la persona le offriva.

E si trovò a sperare, con un lieve ma intenso scintillio in fondo al cuore, che magari quel ragazzo altri non fosse che il suo principe, con il quale avrebbe avuto la sua storia d'amore, quella vera e sincera, colma di rispetto e infinita dolcezza. Insomma, quel qualcosa che tutti, nessuno escluso, bramano ma che solo pochi fortunati riescono davvero a vivere.

Quel momento magico era svanito per sempre e quei pensieri le sembravano ora quasi un presagio, come se nel profondo avesse intuito che sarebbe successo, prima o poi, qualcosa di brutto.

Era confusa, non sapeva più cosa pensare, forse erano solo sciocchezze dettate dal momento.

Corrado, con tutti i suoi difetti, non aveva mai manifestato alcun comportamento che la potesse far allarmare a tal punto.

Allora si chiedeva come era possibile tutto ciò, una metamorfosi in piena regola che proprio non riusciva a comprendere. Ma era poi giusto comprendere quanto accaduto? Nulla avrebbe potuto giustificare tale comportamento. Per Azzurra la comprensione era parte importante di ciascun essere umano ma ora si era resa conto di quanto questo non fosse sempre vero. Adesso lei non provava questo sentimento, tutt'altro.

Azzurra, da persona ottimista, credeva che tutto ciò avesse un significato, che dopo la tempesta inevitabilmente sarebbe sempre arrivato il sole e non un'altra tempesta. Ma quell'ottimismo ora era troppo anche per lei.

Sentiva di essere caduta dall'alto di una cima, le faceva male dappertutto. Ma non era un dolore fisico, era la sua anima andata in pezzi mentre il cuore non cessava di sanguinare.

Questioni di orgoglio

Il vile gesto subito da parte di Corrado le aveva riportato alla mente la sua vecchia amica Olivia, compagna delle elementari che sentiva solo ogni tanto poiché, per questioni di lavoro, si era trasferita in un'altra città.

Fidanzata da molti anni, si era confidata con Azzurra circa un unico forte litigio con il suo fidanzato storico che le aveva messo le mani addosso, provocando seppur in maniera lieve delle ecchimosi su collo e braccia.

Una parola fraintesa che lo aveva fatto esplodere dimostrando la sua vera natura.

Olivia le disse che era successo quell'unica volta ma che era bastata a cambiare tutto, rendendola consapevole del fatto che spesso dietro a un dolce sorriso e due splendidi occhi si può celare ben altro, perché nulla è come all'apparenza può sembrare.

Azzurra ricordava che la loro storia, nonostante l'accaduto, era comunque proseguita per diverso tempo tra alti e bassi, con Olivia che si portava dietro quel fardello che aveva cercato di dimenticare ma che, in fondo, non era mai riuscita a perdonare.

Alla fine però la storia si era conclusa e Olivia non poté che esserne felice nonostante, nell'immediato, a tutti sembrò molto sofferente.

Azzurra infatti ricordava che l'amica, quando concludeva una storia, pur sapendo essere la cosa giusta, ci soffriva parecchio, non solo perché vi era un qualche sentimento importante come l'amore o del semplice affetto, ma anche per questioni di orgoglio.

Olivia era molto orgogliosa: essere messa da parte, dimenticata, addirittura "sostituita" la faceva soffrire. Per questo aveva raccontato ad Azzurra di averci riprovato con alcuni ex, a volte persino mentendo a sé stessa perché conscia di sbagliare.

Un paradosso che per fortuna la sorte risolveva venendo in suo aiuto, facendo sì che non vi fosse strada percorribile per un ritorno al passato, ma solo sguardi rivolti a un futuro che, seppur ignoto, niente aveva a che vedere con il già vissuto. E lei di questo era sempre stata grata, ma altrettanto dispiaciuta per aver fatto scelte sbagliate in maniera fin troppo consapevole, ma forse in quel frangente non avrebbe comunque potuto evitarle.

Tutto ciò sarebbe stato giudicato ma a Olivia non importava cosa potessero pensare gli altri, sicura che l'intelligenza avrebbe vinto perché le persone avrebbero capito che alcuni atteggiamenti erano solo dettati da puro orgoglio: un'arma a doppio taglio in grado di fare molto male.

Olivia era così, chi la conosceva bene lo sapeva, capace di darti il cuore ma, nel tempo, cancellarti per sempre alla prima cattiveria gratuita o torto subìto.

Anche Azzurra ora si rendeva conto che, come diceva Olivia, di lupi travestiti da agnelli ne era pieno il mondo ma l'importante era, una volta riconosciuti, allontanarli e mai più considerarli perché non degni di alcuna attenzione.

Tuttavia Olivia riteneva una mostruosità che due individui, dopo aver condiviso molte cose, potessero lasciarsi come niente fosse, cancellando tutto ciò che era stato. Anche se in fondo era consapevole che si trattava solo di un ricordo che, a poco a poco, sarebbe svanito e a nulla più servito.

Percorrere un tratto di strada insieme, l'uno accanto all'altra, per poi divenire due sconosciuti.

Anche per Azzurra era difficile da comprendere, anche se ciò accadeva a chiunque. Ma così era la vita, spesso imprevedibile e spiazzante.

Un insieme di diverse esperienze per aiutare a crescere anche imparando dai propri sbagli.

Per Azzurra ora c'era solo sdegno e tanta amarezza. Come poter perdonare? Forse era più facile mettere da parte, ma solo dopo il trascorrere del tempo che, in qualche modo, avrebbe potuto celare il ricordo.

Inutile, invece, il pentimento di chi aveva colpa di aver mutato un sentimento nobile in ciò che può fare solo orrore.

Olivia e Paride

A distanza di tempo le ferite rimarginate, di tanto in tanto, tornavano a fare male perché, nonostante avesse imparato a conviverci, Olivia era consapevole che quell'esperienza spiacevole mai se ne sarebbe andata, diventando parte di lei.

Quindi com'era possibile, pensava, ritornare a rivedere il sole per poi rimanere, dopo poco, nel buio più assoluto? Nulla di ciò aveva un senso e solo il tempo avrebbe dato le risposte che cercava, facendole finalmente capire perché quel susseguirsi di avvenimenti.

Rifletteva su quanto fosse crudele il destino, al punto di illuderti che vi sia qualcosa di bello ma che poi, in realtà, così non è perché tutto svanisce senza nemmeno avere il tempo di conoscersi davvero.

Nel frattempo Olivia avrebbe comunque continuato a vivere la propria vita, con qualche pensiero in più e speranza in meno ma, non senza fatica, sarebbe passata oltre mentre l'universo avrebbe fatto il proprio corso, sistemando come meglio riteneva ogni cosa.

E così furono davvero il tempo, il destino e la pazienza a portare i frutti come segno delle tanto ambite risposte.

Olivia riconobbe come le sue preghiere fossero state ascoltate e finalmente poté tornare di nuovo a vivere lasciandosi alle spalle, una volta per tutte e in maniera definitiva, la sua campana di vetro dove aveva trascorso fin troppo tempo.

Basta barriere, scudi, era giunto il tempo di riassaporare ciò che aveva desiderato ma messo in un angolo troppo a lungo: l'amore.

Quell'amore puro e sincero non sempre facile da provare. Qualcosa di così intenso e forte da non riuscire a trovare le parole adeguate a descriverlo.

Era più consapevole, era maturata e, nonostante il bagaglio di sofferenza che si era portata sulle spalle per molto tempo, voltandosi indietro riusciva a vedere il proprio percorso come inevitabile per poter proseguire l'attuale cammino intrapreso.

Era proprio vero, pensava Olivia, che solo tramite le tribolazioni si diventava più riconoscenti e grati del bene che arriva quando uno meno se lo aspetta.

Era certa che i suoi trascorsi avessero dovuto aver luogo, altrimenti lungo la strada non si sarebbe imbattuta in lui: Paride.

Mentre lei, vista l'esperienza passata, era parecchio intimorita da un futuro incerto ma che in qualche modo riusciva a intravedeva roseo, lui ardeva di passione per quella ragazza della quale si era innamorato all'istante.

Sarebbe passato qualche tempo per riuscire a levarsi di dosso quella spessa corazza che le impediva di dimostrare, persino a sé stessa, ciò che provava e a convincersi di non poterne fare a meno per poi andare verso di lui con l'unica cosa che poteva donargli: il suo immenso amore. Lasciando cadere tutte le sue difese, vulnerabile ma autentica come non lo era mai stata.

La felicità per l'amica fece comparire sul volto di Azzurra un sorriso di gioia ma anche di speranza, certa in quel momento che tutto si sarebbe risolto.

Un giorno speciale

Era sera e, una volta messe a letto le bambine, mentre Corrado guardava la partita sul divano, si mise sul letto seduta a pensare. Si sentiva un po' agitata così decise di prendere un libro ma, dopo poche pagine, lo chiuse riponendolo sul comodino.

Chiunque li avesse visti mai avrebbe pensato a ciò che era accaduto.

Chi mai poteva sospettare cosa potesse esserci dietro a quell'immagine di coppia normale come ne esistono a migliaia.

Nessuno avrebbe creduto che Corrado, all'apparenza uomo tranquillo e piuttosto serio, potesse aver avuto un violento scatto d'ira contro la moglie, donna dolce e premurosa.

Corrado era quello di sempre, colui del quale si era innamorata e questo non faceva che rendere il tutto ancora più triste e complicato. Ma quel gesto aveva insudiciato tutto.

Aveva sentito spesso la frase "le apparenze ingannano" ma non soleva darle molta importanza. Ora invece ne capiva perfettamente il significato, inorridendo davanti a quella crudele realtà, capace di propinare un dolce ben confezionato ma dal gusto così sgradevole da risultare immangiabile.

Così capì quanto la vita fosse piena di sorprese, troppe volte celate da una apparenza impeccabile, come un cielo stellato che d'improvviso si riempie di nuvole nere, presagio di una bufera capace di abbattere ogni cosa.

L'ottimismo di Azzurra, così forte e innato, pur avendo subito duri colpi non poteva certo svanire e una sola briciola le sarebbe bastata per cambiare le sorti di un destino tanto avverso.

Questi pensieri la fecero sentire meglio ma quelle sensazioni non erano scomparse, così decise di fare qualcosa che in qualche modo poteva scacciare una volta per tutte quell'agitazione mista ad ansia che la tormentava. Iniziò a pregare.

Fin da piccola le era stato detto che la preghiera l'avrebbe aiutata nel sentiero della vita.

I suoi genitori erano molto religiosi ma con Azzurra tutto era avvenuto in maniera molto serena, senza mai imporle alcunché.

Mai nei suoi ricordi era stata costretta a fare qualcosa contro la propria volontà e per questo motivo ricordava con piacere quando la domenica si recava a messa con mamma e papà.

A distanza di anni, nonostante a causa dei numerosi impegni non riuscisse più ad andare a messa come invece avrebbe voluto, dedicava sempre del tempo alla preghiera.

Tutto questo l'aiutava a sentirsi meglio, più forte, riuscendo sempre a scorgere nella nebbia le cose buone della vita quotidiana.

Nelle ultime settimane si era ritrovata spesso seduta in fondo alla chiesa del suo paese. Ci passava davanti durante le commissioni mattutine e non poteva fare a meno di entrare, era come se qualcosa l'attraesse dall'interno e, in quei brevi istanti, sentiva una grande serenità. Quel silenzio, il profumo dell'incenso, le davano un senso di pace interiore che nemmeno lei stessa riusciva a descrivere. Era qualcosa di ineffabile e così forte da farla ritornare.

Aveva sofferto molto la scomparsa dei genitori ma era riuscita a superarla grazie anche alla fede.

Ora provava un dolore differente che nulla aveva a che fare con la morte ma, nonostante ciò, faceva male, tanto da non saper dove sbattere la testa.

Però di una cosa Azzurra era certa, anche per questo avrebbe pregato senza scoraggiarsi. Malgrado le avversità che si celavano per comparire nei momenti meno opportuni, bisognava comunque andare avanti, senza mai mollare. Non si doveva aspettare la fine della tempesta, rinunciando a vivere quel momento.

Azzurra in qualche modo aveva imparato a conviverci con quella tempesta, augurandosi sempre l'arrivo del sole.

Sicura che nulla al mondo durava in eterno, appoggiò il viso al cuscino e con questi pensieri rassicuranti sorrise e si assopì.

Quella notte fu una notte tranquilla perché Corrado rimase sul divano, Azzurra dormì un sonno sereno senza mai svegliarsi.

Il mattino fu dolce come non accadeva da molto. Arrivarono le bambine a svegliarla riempiendola di baci e urlando a squarciagola: «Auguri mamma! Buon compleanno!».

Si era dimenticata di un giorno tanto importante ma la tristezza subito svanì e, tra mille baci e abbracci, ringraziò le sue adorate figlie.

«Scendiamo a fare colazione, oggi vi preparerò qualcosa di speciale!» disse Azzurra, guardandole con dolcezza.

«Grazie mamma, sei fantastica» dissero in coro Melissa e Celeste.

Scesero quindi in cucina e si accorsero che il padre era già uscito, così Melissa incuriosita chiese alla madre dove fosse andato così presto.

«È dovuto uscire prima per un lavoro fuori dal paese» si inventò Azzurra sul momento.

Le due bambine non dissero nulla e iniziarono a fare l'impasto per i pancake.

Nel mentre Azzurra pensava al perché Corrado fosse uscito prima del solito, forse le cose stavano davvero cambiando. Questo, pensò grata Azzurra, è il mio primo regalo di compleanno.

E tra mille sorrisi, tenerezze e un pizzico di farina, la colazione fu così dolce da trasmettere ad Azzurra una serenità di cui aveva scordato il sapore e che rese ancor più speciale quel giorno.

La torta al cioccolato

Era un giorno importante, il primo agosto, e la sua bambina avrebbe compiuto sette anni. Azzurra le aveva organizzato una festicciola a casa con alcuni compagni di scuola.

Si era accorta però che Celeste, nei giorni che precedevano il compleanno, si rattristava molto e non riusciva a capirne il perché, così decise di chiederglielo apertamente. La risposta non fu una sorpresa poiché anche Azzurra, quando era piccina, ne aveva sofferto.

Il fatto di compiere gli anni in piena estate voleva dire che la maggior parte dei bambini era in vacanza e che non sarebbe stata mai una vera festa di compleanno come quelle a cui si era invitati durante l'anno scolastico, quando nessuno era assente.

Azzurra le disse le stesse parole che sua madre disse a lei molti anni prima: «Amore mio, devi sapere che so bene cosa provi perché è successo anche a me alla tua età, ma non ti devi preoccupare perché, come diceva anche la nonna, ogni compleanno è speciale pertanto va festeggiato insieme alle persone che amiamo e, anche se alcuni sono distanti, ci trasmettono il loro affetto ed è come fossimo tutti insieme nello stesso posto».

Queste parole rasserenarono subito la piccola Celeste che diede un grande abbraccio alla mamma e corse via saltellando piena di gioia.

Azzurra aveva cercato di esaudire tutti i suoi desideri con diversi regali e la torta al cioccolato.

La giornata fu gioiosa e, quando venne il momento di mettere a letto le bambine, vide la felicità negli occhi di sua figlia che ringraziò la mamma per la magnifica festa: «Grazie mamma! Tutto è stato bellissimo, una giornata fantastica che mai dimenticherò!».

Anche Melissa, dal suo letto, parlò alla madre: «Ha ragione Celeste, è stato un bellissimo compleanno, spero anche il mio sia così!».

Azzurra allora si avvicinò al letto di Melissa, le diede un bacio dicendo: «Ma certo tesoro! Adesso però è ora di dormire, fate tanti bei sogni amori miei, dolce notte».

Le bambine diedero la buonanotte alla madre che uscì dalla stanza per andare in cucina a sistemare ma, mentre passava davanti al soggiorno, scorse Corrado sul divano che subito le andò incontro iniziando a sbraitare: «Sai che da un po' il cioccolato mi crea problemi allo stomaco, non potevi fare un'altra torta?». Azzurra rispose a tono, era stata una giornata felice e non aveva alcuna intenzione di farsela rovinare così gli disse: «E tu potevi non mangiarla sapendo che non ti faceva bene! Celeste la voleva e io gliel'ho fatta, era il suo compleanno e aveva espresso questo desiderio, mi sembrava più che normale accontentarla! Non farne una tragedia, adesso vai a letto e vedrai che domani tutto sarà passato».

All'udire quelle parole Corrado si infuriò e il suo sguardo mutò. Con un balzo gli fu così vicino che poteva sentirne il respiro. Azzurra sentì un brivido lungo la schiena, avvertì quella sensazione già provata e si rese conto di non riuscire a muoversi. Fu in quel momento che lui alzò la mano e la colpì con violenza. Poi, come se nulla fosse, in silenzio tornò sul divano.

Azzurra era allibita. Sentì il mondo crollarle addosso e fu pervasa da quel senso di impotenza al quale non riusciva a ribellarsi. Ma questa volta decise di non piangere, avrebbe resistito a tutti i costi.

Mentre esternamente era come sempre e all'apparenza sembrava tranquilla, nel suo profondo era tormentata, sentiva che le sue certezze non avevano più alcun senso, tutto sembrava essere svanito. E quel poco di bello che aveva vissuto veniva di nuovo celato da un'azione incomprensibile, impossibile da accettare e ancor più difficile da perdonare poiché inaspettata e immotivata. E così i bei ricordi, seppur brevi, lasciavano il posto alle mille domande senza risposta.

Tutto era iniziato per una stupida torta perché Corrado, amante del cioccolato, non riusciva proprio a farne a meno nonostante negli ultimi tempi gli procurasse mal di stomaco.

Azzura gli aveva detto di andare dal medico per sapere cosa potesse essere, certa non fosse nulla di grave, ma Corrado odiava medici e ospedali pertanto non aveva fatto niente a riguardo se non continuare a mangiarlo e lamentarsi.

Azzurra si rese conto di quanto fosse banale la causa che aveva scatenato una reazione così violenta.

Ma non era finita lì, perché quel giorno, che sette anni prima era stato uno dei più importanti della sua vita, si trasformò in quello più odiato, più temuto.

Quella notte accadde qualcosa.

Fu un'unica volta ma bastò a spezzare per sempre l'incantesimo dell'amore.

Corrado, appena entrato nel letto le si avvicinò e, senza dire nulla, la spogliò e la prese a sé. Lei rimase immobile, non poteva credere stesse succedendo davvero. Quello non era Corrado ma un mostro che le faceva solo schifo, per il quale non provava più nulla se non repulsione. I suoi occhi erano persi nel vuoto mentre la sua mente cercava di evadere alla ricerca di immagini felici per allontanarsi da quel corpo inerme che, in quel momento, non le apparteneva.

Dopo qualche minuto, che ad Azzurra sembrò interminabile, lui si girò addormentandosi. Lei si alzò e, dopo essersi fatta una doccia, lavando via l'umiliazione di un atto abominevole, andò nella camera delle bambine sdraiandosi accanto a Celeste.

Pensò a Miranda, la sua vicina, e fu colta dalla voglia di vederla, parlarle e sentire quell'amore materno che ora tanto le mancava. L'indomani sarebbe andata a trovarla, non le avrebbe raccontato quanto successo ma forse lei avrebbe capito, come solo una mamma sa fare.

Questa volta non riuscì a trattenere le lacrime ma, come aveva imparato a fare bene per sopravvivere e non farsi sopraffare da tutto ciò che le stava accadendo, decise almeno per il momento di non pensarci più, rinchiudendo quei gesti in un compartimento stagno che non doveva essere aperto altrimenti ne sarebbero usciti sentimenti spaventosi che avrebbero portato solo ulteriore male.

Miranda

Poteva avere l'età di sua madre ed era la sua vicina di casa da quando si era sposata e trasferita in quella casetta con giardino che, fin da subito, aveva adorato.

Era una donna alta, magra, con capelli scuri, ricci, che le cadevano sulle spalle. Aveva poco più di sessant'anni ma ne dimostrava una decina meno perché, nonostante lo sguardo severo, quando sorrideva le si illuminavano gli occhi tanto da farla apparire una giovane donna nel pieno della vita.

Miranda, nel tempo, aveva imparato a cavarsela da sola, senza chiedere aiuto alcuno.

Aveva sempre lavorato come domestica presso delle famiglie fin da quando era ragazzina e ora godeva della pensione che, nonostante fosse un'umile cifra, le permetteva di provvedere al proprio sostentamento senza problemi.

Era in grado di fare di tutto e, quando qualcosa non le riusciva, non esitava a chiamare chi di dovere per poter sistemare i piccoli guai domestici.

Fin dalla prima volta che con una banale scusa Azzurra le suonò il campanello, Miranda aveva capito, guardandola negli occhi, quanto fosse fragile e quanta paura avesse.

Senza troppe parole l'aveva accolta in casa dicendole che, per qualunque ragione e senza troppe spiegazioni, la sua porta sarebbe stata sempre aperta.

Ad Azzurra non sembrava vero che la sua vicina fosse tanto generosa e discreta, una sorta di angelo custode, pronto a consolarla e offrirle una buona tazza di tè per rincuorarla e farla sentire come a casa.

Miranda, vedova senza figli e con un grande amore per i gatti, provava per Azzurra un affetto profondo tanto da voler prendere per gli stracci quel mascalzone e dirgliene quattro.

Ma rispettava Azzurra la quale non voleva mettere di mezzo altre persone, sicura di potercela fare da sola.

Miranda non aveva incontrato il principe azzurro e il suo matrimonio, pur tranquillo e sereno, non fu proprio la grande storia d'amore su cui fantasticava quando era ragazzina. Nonostante ciò, le lasciò molta gioia al ricordo dei tanti momenti vissuti in compagnia del marito. Ma in un piccolo angolo del suo ormai vecchio cuore, come amava definirlo, vi era sempre una forte nostalgia per non essere riuscita a diventare madre. Vedeva in Azzurra la figlia che tanto le sarebbe piaciuto avere e, per questo, le volle subito bene.

Era stato qualcosa di reciproco perché anche Azzurra aveva avuto buone sensazioni.

Vedeva questa donna nel proprio giardino occuparsi dei fiori circondata dai suoi gatti per i quali aveva sempre pronta una carezza.

Le ricordava un po' la sua mamma che tanto le mancava.

Quella donna era davvero speciale e non si sbagliò, la sua impressione iniziale non la tradì e ben presto si ritrovò nel salotto di Miranda a piangere tutte le sue lacrime ma, in qualche modo, serena perché si rese conto di non essere sola e che, da quel momento in poi, non lo sarebbe mai stata. Miranda non l'avrebbe abbandonata, proprio come una mamma.

La casa di Miranda divenne per Azzura un luogo sicuro e familiare.

Miranda cercava di consolarla trovando le parole giuste: «O figlia mia, non sai quanto mi dispiace vederti così triste, abbattuta, ma ciò che fa più male è la tua rassegnazione. So che non è facile ma ho imparato a conoscerti e sono sicura che hai la forza necessaria per mettere fine a questo supplizio. Io sono qui per aiutarti, dimmi cosa devo fare e lo faccio Azzurra».

«Grazie Miranda, sei tanto cara. Hai ragione ma mi sento così stanca che non riesco a vedere via d'uscita. Mi sembra tutto così difficile, pesante, non so se riuscirò a farcela.»

Non fece nemmeno in tempo a finire la frase che Miranda le si avvicinò e l'abbracciò stretta sussurrandole parole dolci, come quelle di una mamma in pena per il destino della figlia.

«Andrà tutto bene vedrai, stai tranquilla, non sei sola piccola, tutto si risolverà e tornerai presto a sorridere.»

E mentre le accarezzava i capelli Azzurra si rilassò e iniziò a piangere ma, questa volta, di gratitudine per quella donna coraggiosa e quell'abbraccio tanto dolce che la fece tornare indietro nel tempo, quando sua madre con un solo gesto le trasmetteva tutto il suo amore.

Quando Azzurra si rifugiava da Miranda, lo faceva all'insaputa del marito, il quale non aveva la minima idea del rapporto che si era instaurato tra la moglie e la vicina di casa, che lui considerava solo una vecchia pettegola.

Azzurra, quindi, non condivise mai questa amicizia con Corrado, temeva potesse rovinare tutto allontanandola da una persona che, nel tempo, era sicura sarebbe divenuta molto importante.

Per Miranda il legame con Azzurra era speciale, da quando l'aveva conosciuta era cambiata. Quella ragazza le aveva di nuovo fatto scoprire un qualcosa ormai sepolto da tempo. Provava sentimenti che erano diventati così lontani tanto da scordarsi cosa si sentiva quando si aveva la fortuna di avere accanto una persona cara.

Era giunto il momento del riscatto, tornare a essere di aiuto senza chiedere nulla in cambio, senza essere costretta a farlo, semplicemente perché era arrivata quell'ora: l'ora dell'amore.

I pensieri di Azzurra

Spesso la paura l'avvolgeva nel cuore della notte senza lasciarla più fino al sorgere del sole.

Sudava mentre, continuando a dimenarsi nel letto, cercava di allontanare i pensieri che le affollavano la mente finché, esanime, si addormentava. Ma era un sonno agitato, breve che al risveglio la faceva sentire ancora più stanca. Avvertiva la pesantezza di tutto ciò che stava accadendo dentro e intorno a sé.

Tutto ciò succedeva quando Corrado si addormentava sul divano e ci passava tutta la notte, perché quando invece dormiva con lei nel letto, Azzurra rimaneva immobile quasi a voler sparire, per far sì che lui si addormentasse subito, pregando che il mattino giungesse all'istante.

Ciò che era successo quel dannato giorno non si era ripetuto ma si chiedeva quando sarebbe successo di nuovo, e il solo pensiero la uccideva.

Lei, che con tanta gioia e infinito amore aveva condiviso quel letto con la sua dolce metà, lì dove avevano concepito le loro creature come segno indelebile del grande amore che l'una provava per l'altro.

Il luogo dove si riposa, ci si ama e dove, durante la notte, i sogni si fanno più intensi perché i problemi si allontanano lasciando il posto a speranze ed entusiasmo per il nuovo giorno che verrà.

Per Azzurra però tutto questo era ormai un lontano ricordo.

Quella stanza, così come il resto della casa, rammentava momenti felici ora svaniti e sostituiti esclusivamente da paura e angoscia per un domani incerto e privo di serenità.

La poca forza rimasta era dovuta alle sue bambine, fonte inesauribile di così immenso amore tale da darle la carica necessaria, ogni singolo giorno, per combattere e continuare ad avanzare lungo quel tragitto buio, per raggiungerne la fine e rivedere la luce.

Le risultava tutto così pesante che faticava a essere ottimista, anzi pensava addirittura che la fine di quel maledetto e lungo tunnel, ormai presenza costante nei suoi pensieri, in realtà mai sarebbe arrivata e che non esistesse nessuna luce, solo infinita oscurità.

Si chiedeva cosa avesse fatto di male per ricevere tutta quella cattiveria, tutto quel disprezzo, il perché di tanta sofferenza. Proprio a lei, persona altruista ed empatica.

Azzurra non si abbatteva facilmente e se poteva aiutare qualcuno lo faceva senza esitazione. Lei, che moriva dentro quando sapeva della sofferenza altrui e non poteva fare nulla per alleviarla.

Credeva, alle volte, di non essere poi così una brava persona e che, in qualche modo, tutto ciò che stava provando, quello che le stava capitando forse se lo meritava.

Allo stesso tempo sapeva quante persone nel mondo provavano dolore senza averlo chiesto, senza colpa alcuna. Quasi fosse una roulette, a cui però non si giocava con i soldi bensì con la vita delle persone.

Le capitava di sentire racconti di donne e uomini che nonostante il loro smisurato egoismo, l'innata cattiveria e l'arroganza, vivevano le loro vite apparentemente senza problemi, fregandosene del resto del mondo e, all'occorrenza, calpestando senza pietà chi risultava d'intralcio durante il loro cammino.

Riflessioni che la intristivano parecchio e facevano, ancor di più, spegnere il suo sorriso.

Non poteva farci nulla, quel senso di ingiustizia ormai la accompagnava da parecchio e non voleva lasciarla.

Addirittura era arrivata a pensare che se quella doveva essere la sua esistenza allora avrebbe preferito donarla a qualcun'altro, qualcuno in grado di gestirla meglio o amarla come lei non era più in grado di fare.

Se non ci fossero state Melissa e Celeste, avrebbe spento la sveglia rigirandosi dall'altra parte sperando di chiudere gli occhi e continuare a dormire per dimenticare tutto.

Ma certo questo non le era possibile perché era una madre e, come tale, doveva provvedere alle proprie bimbe, creature innocenti che meritavano solo amore e serenità.

Melissa e Celeste erano quel po' di chiarore nel buio più completo, quell'amore immenso che la faceva tornare con i piedi per terra, ritrovando la speranza e la forza per non fermarsi.

Ignare di ciò che rappresentavano, erano la sua salvezza per sopravvivere a quella ormai, per lo più, odiata quotidianità.

L'incidente

Come sempre si era svegliata presto, aveva bevuto un caffè nero come a lei tanto piaceva e si era preparata.

Alle sette e venti aveva svegliato le bambine che avevano bevuto il loro latte, mangiato qualche biscotto, si erano lavate, vestite ed erano pronte per andare a scuola.

Dopo averle accompagnate Azzurra decise di andare in centro per alcune commissioni e, proprio mentre si trovava sul marciapiede, a qualche metro dalle strisce pedonali, intenta a guardare le ultime notizie sul cellulare, sentì un urlo. Alzò subito lo sguardo e vide una donna a terra, in mezzo alla strada che disperata piangeva chiedendo aiuto. Azzurra non ci pensò due volte e di corsa le si avvicinò.

A fianco un'auto ferma con al volante una ragazza completamente immobile.

Nei minuti a seguire il traffico si paralizzò, le vetture erano ferme con le quattro frecce inserite.

Un uomo si avvicinò ad Azzurra chiedendole cosa fosse successo.

«Penso che sia stata investita da quell'auto» indicando la macchina rossa sul marciapiede a pochi metri.

Azzurra fece notare all'uomo che c'era una ragazza al volante, probabilmente in stato di shock perché era rimasta in auto senza dare alcun cenno. Decise quindi di chiamare l'ambulanza mentre teneva la mano alla donna, stesa a terra, che ora sembrava più tranquilla.

L'uomo invece andò verso la macchina rossa e

bussò al finestrino. Vide la ragazza girarsi e guardarlo con le lacrime agli occhi, le chiese di aprire la portiera ma lei non si mosse.

Azzurra vide tutta la scena e capì quanto quella ragazza fosse sconvolta, decise di avvicinarsi chiedendo all'uomo di stare accanto alla signora aspettando l'arrivo dei soccorsi.

Bussò al finestrino dicendole: «Ti va di aprire così parliamo un po'? Non devi preoccuparti, la signora si è solo spaventata ma ora arriveranno ad aiutarla. Andrà tutto bene, stai tranquilla e fidati di me».

La ragazza a quelle parole si destò e aprì la portiera scoppiando in un pianto dirotto.

Azzurra le si avvicinò, la prese per mano facendola scendere dall'auto e l'abbracciò.

«Tranquilla, va tutto bene, non piangere...» e proprio in quel momento si sentirono le sirene dell'ambulanza.

«Non l'ho vista se non all'ultimo momento così ho sterzato finendo sul marciapiede. Non mi era mai successa una cosa simile, giuro che non ero in alcun modo distratta, è accaduto tutto molto velocemente senza avere il tempo di rendermene conto. Se dovesse succedere qualcosa a quella signora io non me lo potrei mai perdonare!»

«Ti ripeto di stare tranquilla perché la signora non è grave, se ti avvicini lo potrai constatare con i tuoi occhi» e così fece.

L'ambulanza portò al pronto soccorso entrambe le donne.

Nei giorni a seguire Azzurra venne a sapere che si erano riprese e tutto era rientrato nella normalità, senza conseguenze.

Normalità... pensò Azzurra... era proprio quella

la parola che era stata usata da una sua conoscente mentre le raccontava, grazie a voci di paese, ciò che era venuta a sapere dopo l'incidente.

Una parola che le era rimasta impressa e sentiva riecheggiare nella sua testa in continuazione. Ma perché? Pensava Azzurra. In fondo era solo un termine e non si aveva la certezza fosse stato usato in maniera corretta perché, al di fuori di quelle due donne, chi poteva sapere quale fosse la loro normalità? Magari era anche peggio della sua e nessuno ne era a conoscenza.

Segreti nascosti come polvere sotto ai tappeti, per lei e chissà per quanti altri.

La maggior parte delle persone, secondo Azzurra, non parlava dei propri problemi, preferiva tenerli per sé magari con la speranza che, non parlandone, sarebbero sembrati meno reali o forse, addirittura, risolti, scomparsi, come non fossero mai esistiti.

Il pessimismo stava lentamente avanzando.

Angoscia, incertezza, tristezza e rabbia, erano questi i sentimenti con cui Azzurra doveva convivere.

Era stanca, avrebbe voluto avere un interruttore per spegnere tutto cosicché la paura, la frustrazione e quel senso di fallimento che provava svanissero per sempre.

Era certa di un'ulteriore evoluzione ma nulla che facesse presagire qualcosa di bello e ciò la intimoriva, facendo svanire quella sete di vita che un tempo bramava avidamente.

Avrebbe soltanto voluto ritornare a essere serena, a sorridere, allontanando per sempre quella dannata negatività che ormai si portava addosso quasi fosse divenuta parte del suo io.

Nonostante ciò Azzurra, quando apriva gli occhi al mattino, sentiva il buonumore prendere il sopravvento, ricordandole che un nuovo giorno era arrivato. E così ricominciava a credere in desideri esauditi, preghiere ascoltate e, dopo tanto patire, nella leggerezza del cuore, che sarebbe tornato a battere come un tempo e senza più alcun peso.

Ancora una volta

Sentiva qualcosa di caldo attraversarle il viso e non riuscì a trattenere le lacrime. Lacrime amare che bruciavano e la facevano soffrire.

Era successo di nuovo, l'ennesima litigata che finiva con lei in bagno a guardarsi allo specchio e a provare vergogna per ciò che quello specchio rifletteva.

Faceva male, troppo e dentro di sé provava solo sdegno, umiliazione e tanta rabbia.

Se per certi versi si sarebbe voluta alzare e colpirlo con tutta la forza che aveva in corpo, per altri si sentiva impotente e così piccola da non poter fare altro che leccarsi le ferite, vergognandosi per non aver avuto la forza di reagire e respingerlo.

Avrebbe potuto ribellarsi, urlargli in faccia tutto ciò che pensava di quell'orribile uomo che era diventato, un essere spregevole privo di amore verso il prossimo, l'ombra nera dell'uomo che un tempo aveva amato e per il quale, ora, provava solo disprezzo.

Faticava a chiedere aiuto, le sembrava un ulteriore fallimento che sottolineava quanto fosse davvero una donna inutile come spesso il marito la apostrofava.

Azzurra stentava a riconoscersi e non era dovuto al sangue misto alle lacrime che le avevano rovinato il trucco, ma per quegli occhi che avevano smesso di sorridere.

Era sempre stata una persona allegra con una voglia di vivere che la rendeva dinamica ed estroversa. Parlava con chiunque e aveva un cuore d'oro; amava la vita, le persone e per questo era pronta ad aiutare tutti, senza indugi, con il sorriso sulle labbra.

Ma anche quel sorriso ora era svanito, qualcuno se lo era portato via.

Quel sorriso, ormai spento, Azzurra lo esibiva a fatica, esclusivamente per le sue bambine. Cercava in tutti i modi di tutelare le sue due figlie anche se, a volte, era impossibile non sentire il loro amato papà inveire con ferocia verso la mamma.

Azzurra era una donna molto intelligente, mascherava ogni parola e ogni piccolo gesto per fare in modo che Celeste e Melissa potessero crescere con serenità e circondate da solo amore. Tutto ciò le riusciva così bene che le bambine amavano molto il padre e mai se ne lamentavano. Anzi era forte in loro il desiderio di passare del tempo con lui.

D'altro canto Celeste e Melissa avevano preso la sensibilità della madre e, nonostante fossero ancora piuttosto piccole, riuscivano a capire ciò che accadeva ai propri genitori, pertanto chiedevano alla mamma il perché di quelle liti. Ogni volta lei con grande maestria riusciva a mitigare il tutto tranquillizzandole, strappando loro un sorriso, mantenendo così intatto l'affetto per il padre.

Azzurra e il suo funerale

In sottofondo una musica funesta mentre percorre il lungo viale alberato che porta al cimitero del paese.

Si sente strana, mal vestita e con in bocca uno strano sapore, come di ferro.

Mentre cammina lentamente guardandosi intorno scorge ai lati del viale, accanto agli alberi, delle donne. Donne che la fissano per poi andarle incontro e mettersi a camminare silenziose, dietro di lei.

Azzurra nota i loro visi pesti con occhi che esprimono solo immensa tristezza e rassegnazione.

A un certo punto, davanti a lei, l'enorme cancello del cimitero, chiuso. Dietro, il corteo di donne e un silenzio quasi assordante poi, d'un tratto, tutto cambia. Quando si volta quelle donne sono ben vestite, sorridenti, colme di gioia e speranza.

Anche lei si sente meglio.

La musica è cambiata, è allegra, di quelle che mettono addosso così tanta energia da non riuscire a stare fermi.

Al suono di quelle note festose tutte ripercorrono il viale nel senso contrario, ritornando verso la vita e allontanandosi, con gioia ed entusiasmo, da quel luogo di morte.

Era stato solo un sogno ma di quelli che non dimentichi facilmente. Un sogno che le fece pensare al proprio funerale.

Le immagini le scorrevano davanti agli occhi, talmente nitide da sembrare vere.

Si vedeva sdraiata a mani giunte in una bara di legno chiaro, tutto intorno fiori di diversi colori e le persone che, una dopo l'altra, le si avvicinavano per darle il loro ultimo saluto.

Sentiva la voce del prete che implorava la fine della violenza, dei femminicidi, chiedendo giustizia severa per tutti coloro che sporcavano la loro anima spezzando la vita di chi dicevano di amare.

Sentiva i bisbigli della gente, l'organo e i canti, talvolta spezzati dalla mancanza di voce per la commozione.

La chiesa era gremita e se ne chiedeva il perché.

Non aveva conosciuto molte persone nella sua breve vita, eppure ora erano lì per lei, per poterla salutare, dare appoggio e conforto ai suoi cari e di questo ne era grata.

Azzurra sentiva molto dolore, una tristezza così grande da mandarla in confusione: tutte quelle lacrime, il rancore nei volti delle persone verso colui che aveva portato a tutto questo, l'uomo che, ancora una volta, aveva distrutto più vite. Sentimenti diversi e contrastanti che, come una doccia fredda, le riportavano la lucidità per vedere quella realtà che faceva sempre più male.

Vicino alla bara vedeva le sue bambine abbracciate l'una all'altra con gli occhi arrossati e i volti stravolti. Lacrime che incessanti bagnavano i loro visi, bambine un tempo così sorridenti e piene di vita ora, sofferenti. Riuscì persino a sentire Melissa chiedersi, guardando in alto, il perché le avesse abbandonate, perché tutto quel dolore. Proprio davanti a quell'immagine Azzurra crollò iniziando a piangere, domandandosi quale futuro avrebbero avuto le sue creature.

Era davvero troppo e, senza accorgersi, sentì le gambe cedergli fino ad accasciarsi per terra. Prima di chiudere gli occhi sentì il freddo delle piastrelle e, guardando il soffitto, pregò Dio di aiutarla.

Le sue preghiere vennero ascoltate perché, dopo qualche secondo, qualcuno iniziò a suonare il campanello. Era Miranda che, sapendo che Azzurra si trovava in casa e non ricevendo alcuna risposta, si allertò e corse a prendere la chiave che Azzurra le aveva consegnato tempo prima in caso di necessità.

La trovò stesa a terra, priva di sensi.

Iniziò a chiamarla, accarezzarle il viso, poi le alzò le gambe e, poco dopo, Azzurra si destò. Miranda preoccupata le chiese cosa fosse successo ma Azzurra le disse che era a casa da sola ed era svenuta pensando al proprio funerale.

Miranda era scioccata, pur sapendo la situazione non riusciva a credere a quelle parole. Inoltre insistette affinché Azzurra andasse dal medico per farsi visitare. Ma Azzurra prontamente le rispose di non preoccuparsi e aggiunse: «Grazie Miranda ma penso che quanto sia accaduto sia stato un bene e mi abbia aperto gli occhi».

Miranda fu sollevata a sentire quelle parole e le due donne in silenzio si avvicinarono stringendosi in un forte abbraccio che, in quel momento, valeva più di tante inutili parole.

Qualcosa di magico

Le capitava di avere strane sensazioni come se sentisse delle energie, positive o negative, a seconda di ciò che sarebbe accaduto.

Quel sogno la sconvolse riportandole alla mente un passato, in parte, dimenticato.

Ricordava quell'episodio come fosse accaduto poco tempo prima, eppure non aveva nemmeno sei anni.

Un giorno era in giardino a giocare con le bambole mentre la mamma stendeva la biancheria, a pochi passi da lei.

Per un attimo alzò gli occhi e vide la nonna avvicinarsi e mettere un dito alla bocca, indicandole di non dire nulla e fare silenzio.

Fece come le disse mentre le si sedeva di fronte.

Azzurra giocava tranquilla e ogni tanto si fermava a guardare la nonna che ricambiava lo sguardo con un sorriso.

Dopo qualche minuto iniziò a parlare dicendole di stare vicino alla mamma perché, ora più che mai, avrebbe avuto bisogno di tutto il suo amore. Le diede un bacio, si alzò e, dirigendosi a passo lento verso il cancello, svanì.

La sera stessa la madre le comunicò che la nonna era venuta a mancare proprio quel pomeriggio.

Azzurra era solo una bambina e, nonostante la tristezza, provò a raccontare alla madre ciò che le era accaduto, ma quest'ultima era troppo sconvolta per credere a quello strano racconto. Pensò volesse consolarla quindi non ci diede peso, per questo Azzurra decise di non dire più nulla.

Non le era ben chiaro cosa fosse successo ma se da una parte la cosa le faceva paura, dall'altra si sentiva serena perché aveva visto la sua nonna di sempre, niente era cambiato. In qualunque posto si trovasse stava bene ed era l'unica cosa che importava.

Altri episodi la accompagnarono anche negli anni a seguire fino al suo decimo compleanno, quando decise di voler essere come tutte le altre bambine. Da quel giorno in poi non accadde più nulla e ad Azzurra piaceva credere fosse stato il desiderio espresso nel momento dello spegnimento delle dieci candeline, avendo prova ancora una volta dell'esistenza di qualcosa di magico.

Nel tempo, quando era diventata ormai una ragazza, venne a sapere dai racconti della madre che la nonna aveva avuto una certa sensibilità e spesso riusciva a captare cosa sarebbe potuto succedere nei giorni a venire. Azzurra pensava, in qualche modo, di avere ereditato questo "potere".

Non riferì alla madre ciò che accadde quel giorno, sapeva quanto fosse scettica e temeva che, ancora una volta, non le avrebbe creduto. Per questo non le raccontò più nulla, tutto quello che le successe in quegli anni lo tenne per sé, diventando il suo segreto.

Si ricordava di alcune notti insonni a seguito di quella giornata che, nonostante tutto, l'aveva intimorita. Pur sapendo che la nonna mai le avrebbe fatto male, temeva l'arrivo di qualche sconosciuto malintenzionato dal mondo dei morti e ne era terrorizzata. Per questo correva nella sua cameretta e si nascondeva sotto il letto, sicura che lì nessuno le avrebbe fatto del male.

Appositamente, talvolta, era capitato che alle figlie avesse parlato di magia, voleva capire se anche a loro fosse successo qualcosa di simile. Ma non aveva mai riscontrato nulla in tal senso e ne fu sollevata anche se nel tempo la paura e i ricordi si erano attenuati.

Il giorno del suo decimo compleanno, a desiderio avvenuto, decise di riporre tutto in un cassetto invisibile e chiuderlo a doppia mandata, gettando la chiave immaginaria nei profondi abissi, allontanando per sempre i timori.

Ma, mai come ora, si rese conto di quanto quel ricordo fosse vivido e di come sarebbe bastato poco per riaprirlo e tornare a quando era una bambina.

Fortuna o magia?

Quella mattina fece il suo solito controllo annuale.

Era una semplice ecografia al seno e, una volta fatta, se ne andò al supermercato a fare la spesa.

Non era del tutto tranquilla, il medico le era parso preoccupato ma non si era sbilanciato. Azzurra sentiva che c'era qualcosa di strano nell'aria e non riusciva a capire di cosa si trattasse. Intuiva, però, che non poteva essere nulla di buono.

Mentre rientrava, proprio sull'uscio, le prese il panico, si sentì soffocare, come se qualcuno cercasse di stringerle la gola così forte da non riuscire più a respirare. Appoggiò le borse della spesa a terra e si sedette sulla soglia di casa.

Quella mano rappresentava la sua paura costante del futuro, pensava alle sue bambine e a che cosa ne sarebbe stato di loro se non avesse avuto più modo di occuparsene.

Un pensiero che la faceva impazzire al punto da imporsi di non pensarci, ma che faticava ad allontanare perché le si insidiava fin nelle viscere.

Non era certa che Corrado non avrebbe fatto del male alle figlie, troppo forti erano i sentimenti contrastanti con cui aveva a che fare da quando tutto era iniziato.

Ma se qualcosa fosse andato storto, chi si sarebbe preso cura delle sue bambine? Non l'uomo che aveva sposato, su questo non aveva dubbi.

Prima di allora non era mai stata sfiorata da simili congetture ma le convinzioni che un tempo la contraddistinguevano a stento ora facevano parte del suo essere. Certo non erano del tutto svanite, ma celate da uno spesso strato di delusione e amarezza per ciò che il malvagio destino le aveva riservato e che imperterrito continuava a colpirla.

Il giorno dopo la visita venne contattata dall'ospedale per un ulteriore controllo.

Come pensava qualcosa stava per succedere e lei moriva dalla paura.

Decise di tenere tutto per sé, non era certo il caso di dirlo alle bambine, men che meno a Corrado e non voleva impensierire Miranda; in fondo non sapeva nulla, magari stava preoccupandosi per niente.

Ma i suoi timori erano più che fondati e in un attimo si ritrovò a sentire ciò che mai nessuno vorrebbe.

Le venne diagnosticato un tumore al seno.

All'udire quelle parole, rimase immobile mentre dentro di lei si stava scatenando la disperazione più totale. Si sentì travolgere da un macigno quando già faticava a camminare lungo quel sentiero disseminato da ogni genere di ostacoli.

Non era sufficiente quello che viveva quotidianamente, doveva soffrire ulteriormente. Pensava di avere già la sua croce e che, almeno per il momento, null'altro di male potesse colpirla. Invece no, dietro l'angolo c'era una sorpresa, non certo gioiosa, ad aspettarla. Qualcosa di diverso da quello a cui era abituata ultimamente ma il cui fine era sempre lo stesso: la sofferenza.

Così si chiese cosa avesse fatto di male, in cosa avesse sbagliato per arrivare a ciò.

Non sembrava esserci tregua alle tribolazioni, quasi come se il bene fatto tornasse indietro ma trasformato in male, quel male che si fatica a comprendere, perché al di fuori di qualsiasi concezione umana.

Pensò di non essere l'unica, che forse accadeva a tutti, e ad alcuni anche in maniera più tragica, rendendo il tutto ancor più avvilente e triste.

Azzurra sapeva che non vi è gioia senza sofferenza, ma credeva anche fosse giusto essere felici senza per forza provare quella maledetta sensazione.

Questi i pensieri di Azzurra mentre teneva tra le mani le carte che l'infermiera le aveva appena consegnato.

Quando uscì dall'ospedale aveva improvvisamente iniziato a piovere e lei non aveva l'ombrello. Per un'istante si sentì sollevata perché così nessuno avrebbe potuto notare le sue lacrime.

Il destino le aveva donato l'ennesimo duro colpo ma questa volta, forse, sarebbe stato ancor più difficoltoso perché lei poco ci poteva fare ed era la sua vita a essere in gioco.

Iniziò a pregare, non aveva assolutamente intenzione di lasciare questo mondo così presto, aveva ancora troppe cose da fare, da sistemare e ancora troppo amore da dare.

Per fortuna riusciva a mantenere il controllo della situazione e, grazie a questo, era in grado di calmare le acque quando i troppi pensieri straripavano nella sua testa come un fiume in piena.

Con il passare dei giorni quello strazio si placò e decise di portare le bambine al parco, voleva distrarsi e passare del tempo con loro.

Quando arrivarono, Celeste salì subito in altalena mentre Melissa chiese alla madre se le andava di cercare quadrifogli.

«Mamma lo sai che i quadrifogli portano molta

fortuna? Ogni tanto provo a cercarli ma, fino ad ora, non ne ho trovato nemmeno uno. Dicono che sia difficile trovarli.»

«Hai ragione tesoro, anch'io quando ero piccola li cercavo e qualcuno l'ho trovato ma ora sono anni che non ne vedo!» Azzurra concluse tristemente la frase, pensando che in quel momento avrebbe avuto bisogno non solo di tanta fortuna, ma anche di una bacchetta magica.

Melissa notò che la mamma si era incupita così le chiese se era successo qualcosa e Azzurra, ormai esperta nel deviare le domande "scomode", sorridendo disse: «Dai iniziamo a cercare e vediamo se siamo fortunate!». Mentre, piano, il sorriso le si spegneva sulle labbra.

Non passarono nemmeno cinque minuti che Melissa iniziò a urlare: «Non ci posso credere, un quadrifoglio! Finalmente l'ho trovato! Sono troppo contenta! Mamma, guarda, è proprio un quadrifoglio!».

Azzurra si avvicinò alla figlia e le guardò la mano aperta: «Ma che fortuna, ci hai messo pochissimo, brava la mia Melissa!».

«Mamma, voglio che lo tenga tu, sono sicura ti porterà fortuna.»

Azzurra non disse nulla, le diede una carezza in viso mentre lei le metteva il quadrifoglio in borsa.

«Ecco, ora è al sicuro e, mi raccomando, non perderlo!»

«Grazie amore, no, non lo perderò promesso.»

Il giorno dopo si recò di nuovo in ospedale per un ultimo controllo prima di organizzare le cure e l'eventuale intervento.

Quella notte proprio non riuscì a prendere sonno

se non alle prime luci dell'alba ma, quando si svegliò, si sentì bene. Non riusciva a capire il perché di tanto buonumore, in fondo stava dando inizio a un percorso che non era certa di dove l'avrebbe portata.

Mentre seduta aspettava che l'infermiera la chiamasse, prese un fazzoletto dalla borsa e vide il quadrifoglio di Melissa. Pensò alle parole della figlia e si sentì serena. Qualcuno pronunciò il suo nome, era giunto il momento di avviarsi su questo nuovo e sconosciuto sentiero.

La visita non aveva riscontrato alcun tipo di massa sospetta, non vi era nulla che non andava, tutto era nella norma. Difficile da credere ma l'esame era stato fatto ripetutamente, con estrema cura e, questa volta, aveva dato esito negativo. Del tumore non vi era alcuna traccia.

La fortuna si era schierata dalla sua parte, non sapeva cosa fosse successo ma si sentiva felice e colma di gratitudine. Forse non era fortuna ma un po' di magia era uscita da quel cassetto per farle capire che non tutto era perduto.

Leggera e sorridente rientrò a casa. Corrado non c'era.

Miranda le aprì la porta e la abbracciò.

Non sapeva nulla, eppure quel suo abbraccio fu di sollievo come se avesse capito che qualcosa di bello era accaduto. Non parlarono perché le vennero subito incontro le figlie che l'avevano sentita rientrare. Le strinse a sé così forte da sentire i loro cuori e ringraziò il cielo per quel dono ricevuto.

Mille pensieri, una conclusione

«Signora, come si sente?» le chiese il medico con voce bassa e gentile.

Azzurra aveva gli occhi semiaperti, si sentiva stordita e impaurita, non riusciva a capire cosa stesse succedendo.

La testa le doleva tantissimo, anche solo un impercettibile movimento le faceva sentire un forte dolore.

Aveva tante domande ma era così stanca che faticava a proferire parola, così decise di chiudere gli occhi.

«Non si preoccupi signora, ora cerchi di riposare, più tardi passerò di nuovo e, se vorrà, risponderò a tutte le sue domande.»

Al suono di quelle parole, pronunciate in maniera così dolce si addormentò e la paura e il male svanirono all'istante.

Più tardi, quando si svegliò, si rese subito conto di aver dormito parecchio. Si sentiva riposata ma non era del tutto tranquilla. Era confusa, turbata e non riusciva a rammentare quanto accaduto ma era sicura fosse coinvolto Corrado che, ancora una volta, le aveva usato violenza.

Mentre, seduta nel letto, cercava nella propria mente ricordi che sembrava non volessero riaffiorare, sentì delle voci, il suo sguardo andò subito alla porta e le vide tutte e tre: Celeste, Melissa e Miranda.

L'emozione le travolse i sensi da non riuscire a dire alcunché, allargò le braccia mentre le bambine si precipitavano verso di lei.

Qualche istante dopo, quando le lacrime avevano cessato di bagnare i loro visi colmi di gioia, Azzurra si rivolse a Miranda prendendole la mano: «Miranda grazie! Che gioia vedervi, in un solo attimo la vostra presenza mi ha reso così leggera togliendomi quella pesantezza che, da quando mi sono svegliata, non mi abbandona. Io però non ricordo nulla, tu mi puoi dire qualcosa?».

«Non ti preoccupare Azzurra, adesso devi solo riposare per riprenderti al meglio.»

Azzurra all'udire quelle parole non chiese altro, si fidava di Miranda.

Il dottor Daniel era un uomo alto, magro e con i capelli ricci ormai quasi tutti ingrigiti. Aveva piccoli occhi chiari sempre sorridenti che ad Azzurra trasmettevano pace, mettendola di buonumore.

Nonostante non lo conoscesse, fin da subito l'aveva fatta sentire a suo agio, senza giudicarla in alcun modo.

Non era ancora pronta ad aprirsi raccontando senza esitazione quello che stava provando e cosa realmente l'avesse portata in quel letto d'ospedale, ma qualcosa in lei era cambiato.

Necessitava di ulteriore tempo per riuscire ad ascoltarsi dentro senza indugi, dando adito alla sua forza interiore.

Il dottore, dal canto suo, non poteva fare altro che starle vicino, assicurandole una pronta guarigione fisica e spronandola affinché anche il suo spirito potesse essere risanato. Si rese subito conto di quanto la situazione fosse delicata ma era sicuro che Azzurra fosse ormai pronta ad affrontare tutto ciò che le stava accadendo. Pur non conoscendone i dettagli, aveva intuito la grande sofferenza ma anche la determinazione nel voler cambiare le cose.

Azzurra le ricordava molto la sua giovane moglie morta troppo presto ma che, fino all'ultimo istante, si era aggrappata alla vita e a tutto ciò per cui valeva la pena vivere. Anche solo una manciata di secondi per poi lasciarsi dolcemente andare in quel luogo di pace, dove l'amore terreno non l'avrebbe mai abbandonata e sarebbe stato il dolce ricordo che l'avrebbe cullata per l'eternità.

Man mano che i giorni passavano i ricordi riaffioravano. Azzurra rammentava uno spintone e di essere finita per terra poi, quando sentì un dolore al ventre, le immagini si fecero più nitide, dal basso aveva visto Corrado avvicinarsi e darle un calcio.

Il sugo al pomodoro, era questo che aveva provocato il tutto. Corrado aveva chiesto il risotto mentre lei, rendendosi conto di non aver abbastanza tempo, aveva optato per un veloce piatto di pasta. L'ennesimo futile motivo che aveva scatenato l'inferno.

La degenza in ospedale ad Azzurra aveva dato tempo e modo di vedere la propria vita da diversi punti di vista.

E, ancora una volta, quel pensiero l'aveva di nuovo sfiorata. Un pensiero che prima o poi sopraggiunge in quasi tutti gli esseri umani: la morte.

Una parola forte, un destino che arriva per tutti come la conclusione del viaggio, almeno per quel che riguarda questa realtà. La morte vista come ancora di salvezza, come la fine della sofferenza, come unico spiraglio di luce nell'oscurità più totale.

Azzurra però era consapevole di quanto valore avesse la vita, e seppur quel pensiero l'avesse sfiorata nei momenti più tormentati della sua esistenza, mai ci avrebbe rinunciato.

L'amore che provava per le sue due creature era immenso. I loro sorrisi, le loro carezze, erano come acqua nel deserto ed era ciò che la incoraggiava ad andare avanti con forza e risolutezza.

Pensava a chi, invece, non aveva nulla a cui appigliarsi, a chi era consapevole di avere poco tempo e che, nonostante tutto, non si arrendeva fino alla fine, scoprendosi colmo di felicità anche solo osservando il sorriso di una persona sconosciuta. E proprio per queste persone Azzurra provava un tale rispetto da vergognarsi anche solo di aver avuto pensieri di questo tipo.

Lei in fondo stava bene e aveva ancora tempo; tempo che non andava più sprecato ma utilizzato al meglio vivendo giorno per giorno, ora dopo ora, riuscendo a godere anche delle piccole cose quotidiane che la vita offre ogni singolo istante ma che, il più delle volte, nemmeno si apprezzano.

Era giunto il momento di riprendere in mano le redini della propria vita, di smetterla di continuare a giustificare comportamenti riprovevoli sperando che lui capisse, che tornasse l'uomo di un tempo.

Basta, la sua pazienza si era esaurita e non avrebbe più permesso che la sfiorasse nemmeno con un dito.

Ora, davanti a lei, iniziava un nuovo percorso senza ostacoli a cui Corrado non avrebbe più preso parte. Tutto ciò la faceva già sentire meglio, era come se l'Azzurra di un tempo fosse tornata, senza più paure ma solo con una grande voglia di vivere.

Da quando era ricoverata in ospedale, nonostante le circostanze fossero tutt'altro che positive, Azzurra era stata avvolta da una sorta di pace e ciò la portava a pensare che tutto sarebbe andato bene.

Aveva avvertito la presenza dei suoi genitori e le era sembrata talmente reale che una volta le parve persino di vederli lì, in fondo al suo letto, che la guardavano sorridendo.

Azzurra non sapeva se si trattava di un sogno o meno, ma era comunque convinta che sua madre e suo padre fossero con lei sempre e che, in quel momento, sentisse maggiormente la loro presenza per incitarla a percorrere la strada che aveva deciso di intraprendere.

Era arrivato quel momento che tanto, in cuor suo, aveva desiderato.

Ora bastava solo ragionare con lucidità, senza farsi prendere dal panico. La sua determinazione era più forte di qualsiasi altra cosa, nessuno le avrebbe messo i bastoni fra le ruote. Nessuno l'avrebbe più fermata, non sarebbe più tornata indietro.

Un incubo

Non poteva continuare a distruggerle la vita, ad alzare quelle mani che, un tempo, l'avevano accarezzata.

Non avrebbe tollerato più alcun gesto, nemmeno il più piccolo, basta soprusi.

Quel comparto, fino ad allora rimasto chiuso, si era aperto. Ormai colmo di frustrazione e umiliazioni, non poteva più essere nascosto così Azzurra, al culmine della sua rabbia, ormai satura di odio per tutto ciò che aveva subito, le si scagliò contro armata di coltello, conficcandoglielo in pieno petto.

Corrado la guardava incredulo mentre la lama entrava nel suo corpo, gli occhi sbarrati la fissavano mentre cadeva a terra.

Quando Azzurra udì il tonfo del corpo di Corrado e vide il sangue spargersi sulle piastrelle non riusciva a credere ai propri occhi, non poteva aver fatto una cosa del genere, quella non era lei. Avrebbe voluto scomparire, tornare indietro nel tempo anche solo di qualche secondo poi però si rese conto di ciò che era realmente accaduto e che, se non lo avesse fatto, ora ci sarebbe stata lei al posto del marito.

Aveva visto in quegli occhi una furia pazzesca, se l'avesse colpita con tutta quella rabbia le avrebbe fatto molto male. Era legittima difesa, ne era consapevole, ma questo non la faceva sentire meglio, quello era l'uomo che aveva amato, con il quale aveva fatto due figlie e che ora non sapeva nemmeno se fosse vivo.

Giaceva lì, sul pavimento a pochi passi da lei. Quell'immagine le fece tremare le gambe, che non la sorressero più e in un attimo si ritrovò a terra.

Si allontanò strisciando da quel corpo ormai inerme, il sangue era ovunque. Anche le sue mani erano intrise di quella sostanza rossa che si faceva sempre più appiccicosa.

Non poteva perdere tempo, doveva chiamare i soccorsi ma non riusciva a muoversi, i suoi piedi erano come incollati, si sentiva pesante e, a un tratto, anche i suoi occhi faticavano a stare aperti. C'era troppa luce in quella stanza, non capiva cosa stesse accadendo e i pensieri si facevano sempre più confusi. Sentiva molto caldo, ma prima che il buio calasse venne distratta da uno strano luccichio. Non capì subito cosa fosse, per questo, istintivamente, si avvicinò al piccolo oggetto che era posato sul mobile e rimase sbalordita. Era la spilla che sua mamma le aveva regalato il giorno del suo diciottesimo compleanno, proprio come era stata donata a lei da sua madre, la nonna di Azzurra, e che credeva ormai persa. Invece era lì in tutto il suo splendore quasi volesse dirle qualcosa. Poi tutt'intorno iniziò a girare ed esausta si adagiò piano per terra ripetendo una sola parola: *perdono*.

Il suo cuore batteva all'impazzata, l'aria le mancava, non riusciva a respirare quando aprì gli occhi e, madida di sudore, si rese conto che era stato un incubo. Stava dormendo, nulla era reale eppure non ne era così convinta, c'era qualcosa di strano che non si riusciva a spiegare.

Prese un sorso d'acqua dal comodino accanto al suo letto, si mise seduta e iniziò a riflettere.

La spilla che fine aveva fatto? Aveva ribaltato casa ma non era riuscita a trovarla. *E Corrado... Perché quel sogno così spaventoso?*

La caduta

Quell'incubo la colpì irrimediabilmente.

Lei non avrebbe mai fatto una cosa del genere ma ora non ne poteva più avere la certezza, consapevole che talvolta le circostanze potevano portare al compimento di qualcosa fuori da ogni controllo, poiché avrebbe prevalso lo spirito di sopravvivenza.

Quella stessa mattina comunicò a Corrado l'intenzione di chiedere il divorzio.

Le avrebbe permesso di vedere le bambine secondo quanto stabilito da un tribunale.

Se ne sarebbe andata qualche giorno con le figlie per dargli il tempo di fare i bagagli e cercarsi una nuova sistemazione. Non si sarebbe nemmeno dovuto preoccupare di Sama, ci avrebbe pensato Miranda.

Corrado la guardava senza parlare e quando Azzurra concluse lui uscì sbattendo come sempre la porta.

Azzurra non perse tempo, chiamò la sua amica Olivia chiedendole di ospitarla qualche giorno e lei, entusiasta, accettò senza esitazione.

Iniziò così a preparare le valigie con tutto il necessario che sarebbe servito per quei giorni di assenza da casa.

Si sentiva tranquilla ma, quando Corrado rientrò, le cose cambiarono in breve tempo. Era scuro in volto e puzzava di alcol.

Cercò di tenersi alla larga fino all'arrivo delle bambine, a quel punto sarebbe uscita da quella casa per ritornarci solo quando lui non ci sarebbe più stato.

Ma quel giorno nulla di quanto programmato avrebbe avuto luogo.

Sentì una mano dietro la schiena poi iniziò a rotolare mentre Corrado le diceva: «Adesso non avrai più bisogno del divorzio e se ti dovesse andar bene ti conviene tornare da me perché non troverai altro uomo se rimarrai storpia... povera la mia cara e dolce mogliettina!».

Parole agghiaccianti che mai avrebbe pensato di udire.

L'aveva spinta dalle scale con l'intento di ucciderla.

Arrivò alla fine della rampa e tutto si spense.

Quando si svegliò, dopo alcuni giorni di coma farmacologico, riconobbe subito quelle mura, c'era stata non molto tempo prima e sempre per colpa dello stesso uomo.

Aveva picchiato pesantemente la testa e non riusciva a ricordare con estrema chiarezza, era tutto molto vago come avvolto da una cortina di nebbia.

Se l'era vista brutta; nella sua mente scorrevano alcune immagini, come a tanti era accaduto nella loro esperienza premorte. Anche lei, come quelle persone, aveva scorto una luce in fondo a un tunnel e udito una canzone soave mai sentita prima.

Mentre la confusione le era quasi provvidenziale perché la portava a sentirsi bene, senza appesantirle la testa con troppi pensieri, la logica la spronava a ritornare a quella realtà che ora sarebbe stata differente.

Miranda venne a farle visita ma non si fermò più di qualche minuto, il dottore su questo era stato intransigente, Azzurra aveva bisogno di riposare, ci sarebbe stato tempo di poterla venire a trovare ma ora non voleva che fosse disturbata in alcun modo.

La visita fu quindi molto breve, Miranda la rincuorò dicendole di non preoccuparsi per Melissa e Celeste, ci avrebbe pensato lei anche con l'aiuto di Olivia, prontamente informata di quanto accaduto.

Passò parecchi giorni in ospedale ma si riprese completamente. Le ferite riportate erano state importanti ma le cure ancor di più, tali da ritrovare l'Azzurra di sempre.

Quel giorno qualcuno vide tutto e poté soccorrere Azzura e chiamare la polizia per catturare l'uomo che, dopo aver tentato di uccidere la propria moglie, se l'era data a gambe levate.

Venne in breve tempo fermato mentre tra le lacrime chiedeva perdono, giustificando le sue azioni come conseguenza di un periodo difficile poiché aveva perso il lavoro senza riuscire a trovarne un altro. Tutto ciò all'insaputa della moglie.

Quando ad Azzurra giunsero queste parole rimase sconvolta. Non si era accorta di nulla ma quel che più le fece male, fu lo scoprire che invece di confidarsi, cercando insieme una soluzione, se l'era presa con lei per sfogare ogni sua frustrazione. Tutto ciò non era un'attenuante, per questo non ebbe esitazione né rimorsi, quell'uomo meritava solo di essere dimenticato o, quanto meno, ricordato fino al giorno in cui era diventato l'uomo mostruoso che aveva tentato di ammazzarla.

Ora non avrebbe più potuto nuocere né a lei né alle sue figlie, che crescendo avrebbero capito che piuttosto di aver un padre così, forse era meglio non avercelo proprio.

Quando arrivò il giorno della dimissione, Olivia, Miranda e le bambine la raggiunsero in ospedale.

L'atmosfera non poteva essere più festosa e tra baci, abbracci e sorrisi, Azzurra venne aiutata a sistemare le sue cose per tornare finalmente a casa.

All'uscita Melissa disse: «Ah mamma, quasi mi dimenticavo, una signora prima di venire qui mi ha dato questo per te» e così dicendo le porse un piccolo pacchetto che subito Azzurra aprì.

Non poteva credere ai propri occhi, quella era la spilla del sogno... *ma com'era possibile?!*

«Mi ha detto che ti conosce, non poteva venirti a trovare però ha detto che ti è sempre vicina e ti vuole molto bene. Non l'avevo mai vista anche se mi è sembrato di conoscerla e assomiglia un po' alla nonna!»

Ora aveva l'assoluta certezza che Melissa era proprio come lei e che sua madre le era sempre stata accanto.

L'ottimismo che non l'aveva mai lasciata, se non per brevi istanti, era sempre stato con lei per ricordarle che prima o poi tutto sarebbe cambiato, catapultandola in un nuovo mondo, colmo di amore.

La perseveranza l'aveva aiutata e ora la vita ricominciava perché, quando tutto cambia e i sogni divengono realtà, non si può che essere grati del passato poiché senza di esso la gioia del presente perderebbe ogni significato. E di questo Azzurra ne era ben consapevole, tanto da non lasciare nulla al caso e ringraziare, per quanto fosse possibile, anche della sofferenza patita, un pezzo del puzzle che la rappresentava.

Mancavano ancora molti pezzi ma ora tutto sarebbe stato più semplice.

Ritornare a vivere

Era come svegliarsi da un sonno profondo, come se per la prima volta sentisse il profumo dell'aria.

Tornare a volare dopo mesi di isolamento mai voluto e cercato ma, senza volerlo, subito. Sentendosi di nuovo esposta al mondo, a tutto ciò che ne consegue, alla vita, a volte maledettamente bastarda ma altre così dolce da farti commuovere anche solo ascoltando una canzone.

La fine era giunta e poteva di nuovo essere sé stessa, senza più maschere, senza più paure.

Si sentiva come se le fosse stata data una seconda occasione per poter tornare di nuovo a godere di ciò che, il più delle volte, viene sottovalutato: vivere.

Vivere anche solo per il fatto di respirare, questa volta però a pieni polmoni, senza più la paura di farsi sentire.

La lezione l'aveva duramente imparata ringraziando, in parte, anche quello che aveva vissuto perché si sentiva, sotto alcuni aspetti, migliore di prima.

Aveva visto ciò che fino ad allora non era mai riuscita a vedere. Troppo presa da quella vita frenetica che chiude gli occhi davanti a ciò che si ha non per merito ma forse per sola fortuna e che frequentemente si dà per scontato, dimenticandone l'importanza. Importanza attribuita anche alla cosa più piccola, a volte considerata banale ma che banale non è affatto perché solo una volta negata si inizia a capirne il reale significato.

Non era più la stessa Azzurra, ma una donna che con coraggio, fede e grande forza di volontà aveva vissuto in quell'inferno scottandosi profondamente ma senza esserne devastata in modo permanente.

Ora iniziava un nuovo percorso, consapevole del fatto che non sarebbe stato facile perché ci sarebbero stati altri momenti bui, ma sicura che il nero delle tenebre era ormai scomparso e nulla le avrebbe più fatto paura.

Azzurra all'inizio era fermamente convinta di percorrere una strada senza via d'uscita invece ora si rendeva sempre più conto che la via d'uscita esisteva ed era quella per la felicità.

La libertà e quel senso di leggerezza, che ultimamente non avevano più avuto alcun significato, erano stati finalmente ritrovati. Tutto ciò ora era suo, anche se il prezzo da pagare era stato caro.

Ma adesso non vi era più tempo per pensare a quello che era stato.

Quel passato così funesto avrebbe sempre fatto parte della sua vita ma era giunto il momento di lasciarselo alle spalle perché se da una parte l'aveva resa la donna che era diventata, dall'altra non faceva più parte di lei.

Era giusto considerarla una parentesi che, per quanto dolorosa e faticosa da vivere, non doveva più condizionarla, il suo futuro era diverso e mai più, niente e nessuno, l'avrebbe distrutta, annientata.

Quell'oscurità, che ripetutamente l'aveva avvolta, ora se ne era andata per sempre.

Azzurra era una donna e, come un'araba fenice, risorgere dalle proprie ceneri era quasi dovuto.

Così fece, ritornò a vivere e a sorridere, ringraziando di esserci ancora e, con le lacrime agli occhi, pensò a chi non era stata fortunata come lei, a chi non c'era più.

Il suo destino in fondo era stato benevolo, le

aveva dato una seconda possibilità ed era grata per questo, ma non poteva certo dimenticare chi la gratitudine non poteva più provarla, semplicemente perché non era più in vita.

Per tutte quelle persone meno fortunate, decise di fare l'unica cosa possibile: vivere anche per loro senza mai dimenticare, non ciò che le era successo ma la gioia di avere un presente, un qui e ora.

E quel che restava dell'oscurità si dissolse per sempre per poter, finalmente, ritornare a vivere.

Ringraziamenti

Ho sempre creduto alla scrittura come grande terapia per poter dimenticare il mondo reale con tutti i problemi, le sofferenze e i mille pensieri, non sempre positivi, che affiorano in me così come in ciascun essere umano. E se anche una sola persona leggendo queste mie righe potrà sentirsi più serena, catapultandosi in un mondo diverso dal proprio, lasciando così lontano e irreale quel bagaglio pesante che tutti ci portiamo dietro, allora saprò di aver fatto la cosa giusta.

Ringrazio la mia famiglia come sempre ancora di salvezza e fonte di amore, in ogni momento della mia vita.

Ringrazio Azzurra perché, pur essendo un personaggio di pura fantasia, rappresenta una realtà fin troppo vera. Le mie parole, attraverso lei, vogliono essere un invito alla speranza, perché senza di essa ogni cosa è irraggiungibile.

Ringrazio anche la casa editrice Gilgamesh per aver pubblicato questo libro per me importante.

Indice

ANUNNAKI – Collana di Narrativa

Alberto Costantini, *La donna del tribuno - L'avvincente storia di una donna ai confini dell'Impero Romano* di Alberto Costantini
Gabriella Paola Zurli, *La maison qui touche aux bois*
Luigi Randaccio, *I quesiti di novizio Calabrone*
Claudia Melegari, *Di visione*
Claudia Mereu, *Il mondo a culo in susu – Quando l'amore non ti lascia morire in pace*
Ruco Magnoli, *Sharon rifiuta*
Ruco Magnoli, *Sharon esorcizza*
Claudio Fraccari, *Le spine della rosa – Commedia breve in prosa*
Francesca Bonetti, *Un mare d'amore*
Vivien Zinesi, *Sogni di carta*
Fabio Giagnoni, *Infernorama*
Fausto Bertolini, *Negli occhi delle donne – Vita sentimentale di Cartesio*
Ana Danca, *La voce del silenzio*
Maria Beatrice Bandera, *Banda bandera*
Antonino Moschella, *Il sarto di Zeus*
Emilio Salgari, *Il corsaro nero*
Fabrizio Ferloni, *Il mare di Cristobal*
Stefano Iori, *I semi dell'incanto. Racconti 1972 – 2020*
Massimo Petrilli, *Io sono colui che sono*
Michela Guindani, *Come un campo di papaveri*
Massimo Baraldi, *Nagottville*
Alberto Costantini, *Donne ai confini dell'Impero*
Alessandro Gianesini, *Relazioni pericolose – Amori e altri disastri*
Marcello Tarozzi, *Le città dei sogni – Racconti del nostro tempo*
Vittorio Cicirata, *I tre demoni*
Giulia Elisabetta Bianchi, *Vite traverse*
Fausto Bertolini, *L'ultimo amore di Casanova*
Francesco Torreggiani, *Sentenze mortali*

Maria Renata Sasso, *I miei Balcani*
Anna Bertuccio, *L'isola delle donne volanti*
Antonio Badolato, *Quirinale: operazione Ultima spes*
Marcella Guidoni, *Il cammino delle oche selvatiche*
Cristina Danielis, *Nostalgia degli incontri*
Stefano Montruccoli, *L'ultimo assolo*
Emanuele Gualerzi, *Le false verità*
Alberto Costantini, *La schiava dei libri*
Franco Brighi, *Le parole sospese*
Luigi Guicciardi, *I segreti non riposano in pace*
Giulia Deon, *Vladimir Korsakov*
Sergio Rossi, *Le donne del lago*
Myriam Mantegazza, *La verità dell'agave*
Stefania Miotto, *La preda*
Andrea Del Ponte, *Il professore e la strega*
Silvia Peroni, *Riparto da qui*
Marisa Gianotti, *La ragazza con i libri in testa*
Gwenliam Starwild, *Maudite*
Riccardo Pozzi, *Nel centro della pianura*
Alberto Costantini, *L'ultima amazzone*
Alice Cesarini, *Ludwig*
Irene Rossi, *Delitti imperfetti*
Eugenio Mealli, *Nemico globale*
Mauro Acquaroni, *Morte presunta di un notaio*
Daniele Vazquez, *Tutti i bravi bambini vanno in paradiso*
Luigi Schifitto, *Una persona scorretta*
Fausto Bertolini, *Il giallo del giallo*
Laura Medei, *La goccia*
Alberto Costantini, *Oltre l'ultimo limes*
Michela Guindani, *La casa che respirava ancora*
Paola Sbardaba Ferrari, *Il casolare sull'aia*
Ana Danca, *I cinque punti cardinali*
Alessio Bussi, *L'ordine*
Corrado Grossi, *Mai più nessuno come noi*
Cornelia Campidelli, *Lettere da un'anima*
Barbara Perini, *L'amore è la via*

Lorena Marenzi, *Prima o poi un libro lo scrivo*
Alberto Costantini, *Attila, il Principe delle Lucertole*
Giorgio Montanari, *La ragazza che parlava alle api*
Angelo Lamberti, *I laghi di Mantova*
Marco Minicangeli, *Le ali di cera*
Luigi Guicciardi, *Tre storie di sangue - La nuova indagine del commissario Laudani*
Silvia Peroni, *Uomini smarriti*
Angel Luìs Galzerano, *Isole comprese*
Elena Bertocchi, *Fidati di me*
Simone Bonomelli, *Nelle terre dei risorti*
Fausto Bertolini, *Il giocoliere e la rosa – Vita erotica di Gabriele D'Annunzio*
Alberto Costantini, *Le quattro morti di Postumia Sabina*
Anna Zucchi, *Un freezer pieno di colli di tacchino*
Elisabetta Baraldi, *Le stagioni di Teresa*
Enzo Riccò, *Il dodicesimo padre*
Paola Sbarbada Ferrari, *L'oblio nei tuoi occhi*
Ruco Magnoli, *Sharon ispeziona*
Ruco Magnoli, *Sharon soccorre*
Ruco Magnoli, *Sharon europeizza*
Ruco Magnoli, *Sharon riposa*
Ruco Magnoli, *Sharon evoca*
Ruco Magnoli, *Sharon filosofeggia*
Ruco Magnoli, *Sharon parcheggia*
Alessandro Martellini, *La vela bianca*
Luca Gambardella, *Segni particolari: tatuaggio con una stella a 5 punte sul polso sinistro*
Elena Bertocchi, *Il dolce profumo della pioggia*
Marzio Zaini, *Non c'è più casa per Jan*
Paolo M. Durante, *Tornanti*
Emanuela Rastrelli, *Sulla rotta della Queen's Anne Revenge*
Mariangela Biffarella, *La figlia della luna piena*
Nicole Sabatini, *Lo sguardo nudo*
Elvira Onorato, *Infinitamente di più*
Roberto Zaupa, *The Wall Streeter*

Mauro Acquaroni, *2040*

Enrico Beretta, *Conrad l'infame*

Gloria Vana, *La scelta*

Marisa Gianotti, *Venezia, Zanetta e putte di choro*

Matteo Felici, *Ronin*

Luciano Ballerini, *Un pugno in più*

Christian Monti, *Delitti d'arte – Il secondo caso dell'ispettore Baroni*

Angelo Rossi, *Il cammino di Assisi*

Fiorella Parolini, *Amore in corsa*

Amelia Squitieri, *Delitto in una calda notte estiva*

Aurelia Rossi, *La lanterna di ferro*

Sergio Rossi, *Racconti del pulmino*

Christian Monti, *Il Piano Grande Cina – Il primo caso dell'ispettore Baroni*

Claudio Fraccari, *Scorie di vita – Racconti senza trama*

Elio Corona, *Tormento infinito*

Alberto Costantini, *La controfigura – e sei racconti ispirati alla serie delle "Donne di confine"*

Luigi Schifitto, *1979. L'inverno più buio*

Gregorio Conte, *Il mio Marlin*

Sergio Rossi, *L'amore dietro l'angolo*

Emanuela Lera, *Quel che resta dell'oscurità - Ritornare a vivere*

GEŠTINANNA – Narrativa classica

Italo Svevo, *L'assassinio di via Belpoggio*

Augusto De Angelis, *Sei donne e un libro*

Carolina Invernizio, *I misteri delle soffitte*

Giulio Piccini (Jarro), *L'assassinio nel vicolo della luna*

Edgar Wallace, *La porta dalle sette chiavi*

Marie Adelaide Belloc Lowndes, *La dama di compagnia*

Cesare Pavese, *La bella estate*

Augusto De Angelis, *Il canotto insanguinato*

Oscar Wilde, *Il ritratto di Dorian Gray*

Luigi Pirandello, *Uno, nessuno e centomila*

Gilgamesh Edizioni

Sfoglia il nostro **catalogo completo**

inquadrando con il tuo **cellulare**
il **Qr-code** riportato qui sotto

Buona lettura

da **Gilgamesh Edizioni**